二見サラ文庫

陰陽師一行、平安京であやかし回収いたします

和泉 桂

Illustration

六七質

C O N T E N T S

第一話
不吉な巻物と引きこもりの陰陽師

一

今朝《けさ》も都の空は高く、蒼《あお》く澄んでいる。

一羽の鳶《とび》が円を描くように、ゆるゆると飛ぶ。

ここ、葛葉小路《くずのはこうじ》と名づけられた市場で小さな店を営んでいる佐波《さわ》は、うららかな陽射《ひざ》しを浴びて大きく伸びをした。

本日も穏やかで、春のぽかぽかとあたたかな陽光も相まって心地よい。

北の方角に見える船岡山《ふなおかやま》は新緑のせいで、明るい緑色に染まっていた。あちらには、帝《みかど》がおわす大内裏《だいだいり》がある。

「今日もいい商いができますように！」

質素な直垂《ひたたれ》を身につけた佐波は、両手をぱしんと合わせてから、眩《まぶ》しい太陽を見上げた。

太平の御代《みよ》を謳歌《おうか》するこの日《ひ》の本《もと》は、戦はないが飢饉《ききん》はしょっちゅうだし疫病は流行《はや》るしで、日々を生き抜くのは大変だ。

ともあれ、さしあたって佐波は元気で、毎日楽しく過ごしている。まさしくその日暮らしだけれど、都で暮らすたいていの民が同じだった。

「魚はいらんかね。朝、獲《と》れたての川魚だよ」

「野菜だよ。野菜はどうだい」

そんな呼び込みの声が早くも聞こえている。

葛葉小路は人々の台所だ。朝早くから人通りが多くにぎやかで、なおかつ新鮮な食材が揃《そろ》う。日によっては、都に住む庶民が全員いるのではないかと思えるくらいだ。

「へえ、鮎《あゆ》か……たまにはいいな」

活《い》きのいい鮎を塩焼きで食べるのを考えると、急にお腹が空いてくる。

佐波たちの基本的な食事はひえやあわの粥《かゆ》だけれども、時には贅沢《ぜいたく》をしたい。

「どうだい、佐波。負けておくぜ」

「これから仕事だもん。ちょっと無理かな」

「もっと食わないとでっかくならないぞ？　いつまでも細っこくてなあ」

佐波の言葉に、魚売りはからかうように告げる。

「……それは生まれつき。この陽気じゃ、鮎だって傷んじゃうよ」

「なら干し魚はどうだい。うちのは味がぎゅっとしてて旨《うま》いぜ」

「じゃ、干し魚をもらうよ」

「まいど」

佐波は手早く干し魚を三枚買い、それを直垂の胸元に捻《ね》じ込んだ。その拍子に胸紐《むなひも》が解けかけ、慌ててもう一度結ぶ。

佐波のような庶民は上半身は直垂、下半身は括《くく》り袴《ばかま》を身につける。直垂は左右の前身頃を合わせて、胸元の紐を結わえる形式だ。括り袴は膝くらいまでの短い袴で、腰のところを帯紐で縛る。これに草履を履くので、貴族と違ってすこぶる動きやすい。

「じゃあね！」

駆けだした佐波は、幾人もの男女とすれ違う。

今日も葛葉小路は商売繁盛だ。

これほど活気に満ちていても、ここは闇市だ。つまりは違法な市場で、市中を見回る役目の検非違使《けびいし》がやって来ると大騒ぎになる。そうでなくともお役人は庶民からは嫌われがちだが、犯罪を取り締まる役目の検非違使は偉そうなやつが多いので、特に煙たく思われていた。

「あっ」

そんな市場の中を、人々の足許を縫うように真っ白な何かがさっと横切る。

もっふりとした尻尾《しっぽ》――狐《きつね》だった。

珍しい白狐《びゃっこ》は一度佐波の目の前で足を止め、こちらをじっと見つめている。

都のど真ん中で、昼日中に狐を見かけるのはさすがに滅多にないと、佐波はごしごしと目を擦《こす》った。

「……あれ？」

目を開けると、狐はもういなくなっている。

あれほど目立つ白狐がうろうろしていたら、人々が驚いて騒ぐだろうし、気のせい……か。

気を取り直して、佐波は自分の店に足を踏み入れた。

店とはいっても、四本の柱に屋根を載せただけだ。日除《ひよ》け雨除けにはなるが、壁も床もない。

そこに背負っていたむしろを下ろし、その上に手早く商品を並べ始めた。

もともと自力で持ち運べるだけしか品物は仕入れないので、店の準備には時間がかからない。それでも、選んだ品物はどれも気が利いていると自負していた。

むしろを前に座り込んで欠伸《あくび》をしたところで、目の前に影が落ちているのに気づいた。

「うううーん……うううーん……」

しきりに唸《うな》り声を上げている少年は、むしろに置かれた品物を凝視している。

身なりは粗末で、衣のぼろさは佐波と大差ない。

お金を持っているかは不明だけれど、この子もお客さん……でいいのかな？

彼は、昨日も来たし、一昨日《おととい》も来た。

ともあれ、二日続けて彼は何も買わずに帰っていったが、先日から熱心に見ているのは、硯瓶《すずりがめ》と呼ばれる書き物の道具だ。掌《てのひら》にちょこんと載る大きさで、墨をするときに使う水入れだ。薄い模様が入った白磁は、いかにも上品で趣味がいい。

「ねえ、どうしたの？」

なるべくとっつきやすいように、佐波は言葉を崩して尋ねる。

歳《とし》の頃は十六の佐波より四つか五つくらい下だろうか。とはいえ、佐波は目がくるりと大きくて童顔なので、実際の年齢よりずっと年若く受け取られる。

「誰かへの贈りもの？　これは唐《から》渡りの品物だ。お目が高いな」

軽やかな佐波の口調にほっとした様子で、彼は俯《うつむ》いたまま口を開いた。

「……入内《じゅだい》」

「え？」

「うちの、お姫様……」

どことなく恥ずかしそうにぼそぼそと話す様に、彼が働く家の姫君が入内するのだと悟る。

入内とは、貴族の娘が帝の後宮に入ることだ。しかも、基本的に帝の正式な妻として宮廷に仕えるため、実家に帰る機会はかなり少なくなる。家族でもない使用人なら、顔を合わせる機会はほとんどなくなってしまうだろう。

それでも、親族や本人にとってはたいていがおめでたい話だ。今は帝に仕える右大臣と左大臣が覇権を争っており、その熾烈《しれつ》さは佐波たちにも噂《うわさ》になって聞こえるほどだ。娘が帝に寵愛《ちょうあい》されれば、親の立場は強固になる。彼女はきっと華やかで綺麗《きれい》な衣を身につけて、精いっぱい着飾って送り出されるに違いない。

見ず知らずの少女のそんな姿を想像すると、佐波の胸は何ともいえぬ気持ちでいっぱいになる。

「そうなんだ、すごいね。おめでとう！」

佐波は朗らかに言ったものの、少年の顔色は冴《さ》えなかった。

「硯瓶は、お姫様なら毎日使うよ。贈りものにはぴったりだ」

褒めながらも、佐波には少年の身なりの貧しさが気になった。貴族の屋敷で働いているといっても、下男はろくに給料などもらえないだろう。

「これ…で、足りる……？」

おずおずと問う彼の掌に載っていたのは、銅銭五枚——つまり五文だ。

物々交換が主流の世の中では、五文でもよく集めたと感心するけれど、もちろん、足りるわけがない。

この市場でも百文で買えるのは、たとえば釜一つとか、鏡一枚くらいだ。唐《とう》から運ばれてきた貴重な品物には、五文はどう考えても安すぎる。

「入内はいつ？」

「明日」

「そう」

これから会えなくなるかもしれない相手に、何かしら思い出の品を渡したい——そう願う気持ちは、佐波にだっていやというほどわかる。できるならば佐波だって、死んだ父や、もう二度と会えない人に何かを差し出したかった。

少しでも長くそばに置いてもらえるような、ささやかだけれど心に残る何かを。

ものには気持ちが、宿る。

彼が特別な人のために選んだものなら、それはきっとそのお姫様を守ってくれるだろう。

「じゃあ、お買い上げだね」

佐波は硯瓶を少年に押しつけ、代わりに銅銭をひょいと取り上げた。

長いあいだ握り締めていたのか、銅銭はあたたかい。

「いいの？」

おずおずと上目遣いに尋ねてきた少年に向かって、佐波は大きく頷《うなず》いた。

「もちろん。大切にしてもらえれば、それで」

「うちの姫様なら、とっても大事にするよ！　俺が鴨川《かもがわ》で拾ったつるつるした丸い石も、ずっと文鎮にしてくれてるんだ。入内にも、持ってくって」

姫様がどんなに素敵な人かを説明する言葉は、どれもが愛らしくて、自然と佐波の頬も緩む。

「転んで割ったりしないようにね」

「うん、ありがとう！」

少年の顔がぱっと輝き、彼はそれをさも愛《いと》おしげに掌に包み込んでから、懐にしまい込む。そして、佐波の気が変わる前に立ち去ろうと思ったのか、ぱたぱたと走りだした。

「――そういうところがお人好《ひとよ》しだと言っているのだ」

低い声で指摘されてそちらに目を向けると、店の右手の築地塀《ついじべい》には、腕組みをした常連の藤原知道《ふじわらのともみち》が寄りかかっている。

「知道様！」

「五文であれが買えるなら、私などとっくにこの店のものを買い占めているぞ。商売下手もそこまでいくとおめでたい」

少し、いや、かなり呆《あき》れたような口ぶりだった。

都を警護する左右衛士府《えじふ》に所属し右衛門佐《うえもんのすけ》である藤原知道は、検非違使を兼任している。つまりは立派なお貴族様だ。

太い眉に凜々《りり》しい口許。声がよく響くせいか、ただしゃべっているだけなのに妙に迫力がある。

姿形こそ佐波に比べて逞《たくま》しく筋肉もたっぷりついているが、貴族らしく風雅な趣向を持ち合わせている。何でも唐の小物を収集しているそうで、佐波の店にしょっちゅう顔を出してくれる上得意だ。

「知道様からは、しっかりお代をいただきますよ」

「なに？」

「俺は買い手の懐具合に合わせてますから。できれば千文くらい欲しいなあ」

「何だと⁉　それでは米一石《こく》も買えるではないか」

知道は濃い眉を吊《つ》り上げて、壁のように積まれた隣の店の米俵を指さした。

「だって、知道様は藤原家の御曹司じゃないですか。そういう人からお金をもらわないと、俺だって干上がっちゃいますもん。埋め合わせは適材適所ってだけで」

「馬鹿め、北家《ほっけ》とはいえ、どこもそう豊かなわけでは……」

ぎょろりと大きな目を見開いた知道は本気で文句を言いかけて、悪戯《いたずら》っぽい佐波の表情に気づいて咳払《せきばら》いを一つする。

知道の面差しはどこもかしこもくっきりはっきりしていて、以前行列を見かけた異国の使節に似ていた。舞楽で使うお面のように、髪の癖が強くて固そうなところに共通点があった。

とはいえ、世の女性《にょしょう》にとっては、それなりにいい男の部類に入るらしい。市場ではよく女に声をかけられているし、佐波から見るとごついだけなのに、自分がものをわかっていないだけなのかなと考えてしまう。

「まったく、大人をからかうものではないぞ。何ならおまえを捕まえようか」

「う」

検非違使なら、同じ狩衣《かりぎぬ》姿であっても、本来は背中に矢筒を背負って脇に刀も差している。時には武力で犯罪者を追い詰める場合もあるからだ。

けれども、ここを訪れる際の知道は地味な服装で、知らない人には彼が物好きな公家としか思えないだろう。今も派手ではないが上品な狩衣に立烏帽子《たてえぼし》で、藤原氏の中でも政《まつりごと》の実権を握る藤原北家の血筋といわれると納得がいく。実際、佐波から見ても、知道は明らかに羽振りがいい。

尤《もつと》も、知道は貴族にしてはかなり気さくなほうだ。

本来ならば彼ら貴族は『名前』に力があると信じており、本名で呼び合うこと自体が珍しい。従ってここでは彼を役職の「右衛門佐様」と恭しく呼ばねばならないのだが、それでは彼が大貴族だと周囲に知れてしまい、今までのように買い物を楽しめなくなるのだろう。ゆえに、彼はそのような呼び方は好まない。

「大人って、そこまで年齢は変わらないじゃないですか」

知道の言い分に、佐波は反論した。

「そうか？　そもそもおぬし、貴族ならば元服したての年頃であろう？　私より六つか七つは下だ。それに――」

ずいっと知道が顔を近づけたので、狭い敷地内でついつい後退《あとずさ》る。

元服なんて、佐波がたとえ貴族でもあり得ない話だ。

身長だって、普通なら、知道を抜かす日が来るわけがない。

「顔が可愛《かわい》いせいでよけい幼く見える。おまけに、体つきが貧相だ」

知道は頭一つ分は背の低い佐波を見下ろし、にやにやと笑った。

「もっと飯を食わねば」

「じゃあ二千文にします」

佐波が膨れっ面を作ると、知道はおかしげに笑い声を上げる。

「ほほう。あれが届いているなら、弾んでやるぞ」

「届いてますよ」

「なに、本当か⁉」

目当ての品物が到着していると知り、知道が喜びに声を上擦らせた。

佐波は行李《こうり》の中から、防水のための油紙にくるんだままの品を取り出した。

「どうぞ。夕方にでも、一条《いちじょう》のお屋敷までお届けにあがろうと思ってたんですよ」

「いや、それには及ばぬ」

ほっとした様子の知道は、残りの金を払うためにごそごそと懐を探る。

「助かったぞ。何しろ、頼んだところで、手に入るかわからぬものなのだろう？」

「そうそう、大変だったんですからね。高くなるのもおわかりでしょう？」

海の向こうの大国である唐（昔の名らしいが、今なお誰もが唐とか唐土《もろこし》と呼ぶ）との貿易は、船以外の手段はなく、航海は完全に風任せだ。だからこそ、大宰府《だざいふ》から安全に目的地に着くだけでも難しい。そして運良く行き着いても、帰りに難破する船も多かった。

船乗りをやめて都で商売を始めた佐波の父も、一度だけの約束で航海に出たが、結局は戻ってこなかった。

危険と隣り合わせで運ばれてくる船荷なので、唐の品物はたいていがとても高価だ。

「だが、そなたが唐まで行ったわけではあるまい」

「そうですけど、こうやって注文どおりにちゃーんと品を手に入れられるのなんて、うちくらいですよ？」

佐波は胸を張った。

「そなたの亡くなった父君は、相当立派な人物だったようだな。仲間たちは未《いま》だに子の面倒を見て、商いを手伝ってくれてるんだからなあ」

あからさまに話題を変えられたが、父の話を持ち出されると頷かざるを得ない。

「本当に、有り難いです。でも、一真《いっしん》さんには、きっちりお代は払ってますよ。大犬丸《おおいぬまる》にも場所代は払ってるし」

「まあ、それはそうだろうな」

船乗りの一真は唐が好きなあまり、学僧から職業を転じた変わり者で、小遣い稼ぎに佐波の注文に応じてさまざまな品を買いつけてくれる。学僧出身なので読み書きはお手の物で、経典関係の注文を出すには打ってつけだった。

おまけに一真自身は自分が乗ってきた船の修理やら何やらが重なって暫《しばら》く帰れないとのことで、わざわざほかの船の人間に頼んでこれを届けさせてくれたのだ。

「そういや、これ、いったいどんな経典なんですか？」

「何だ、中身を確認してはいないのか」

意外そうな声に、佐波は「どうせわからないし」と答えた。

「ご覧になりますか？」

「いいや、私も決して中を見てはならぬと言われている」

しかつめらしい顔つきになり、知道は慎重に箱を捧《ささ》げ持つ。

「あれ？　ご自分のものじゃないんですか？」

「ああ、これは知己に頼まれたのだ。そなたの店の話をしたら、ぜひ、頼んでみたいと言い出してな。毎日せっつかれて困っていたのだ」

「へえ……そんなに欲しがるなんて、どんなすごい教えが書かれてるんですかね」

どうせ読めないのは百も承知だけれど、尊いお経なら眺めるだけでご利益がありそうだし、よほど珍しい経典なのだろう。

じわりと好奇心が湧き起こる。

「さて、な。詳しい内容までは聞いておらぬ」

「不老不死とか、それとも大金持ちになる方法とかかなあ」

佐波が呟《つぶや》くと、知道が「む」と一声発した。

「となれば、注文の品で合っているかどうか確かめておらぬな？」

「！」

確かにそうだと、佐波は顔を跳ね上げた。一真は今まで一度も注文を違《たが》えたためしがなかったので、今回も平気だろうと思っていたのだ。

「確認したほうが……いいですよね？」

「うむ。そこでちらっと、こちらにも見せてくれればよい」

「あ、もしかして、知道様も中身が見たかったんですか？　ずるいなあ」

自分の手を汚さぬところはさすが貴族。深謀遠慮の世界に生きるだけある。

「ふふん。私とて、海千山千の連中に揉《も》まれているからな」

知道は得意げに胸を張った。

佐波は慎重に油紙を広げ、箱の蓋をぱかりと開ける。

中身は少し古びた巻物だった。

「どれどれ」

題名は『山海経《せんがいきよう》』。

間違いなく頼まれた巻物のはずだ。こういう商売のおかげで、佐波はいつの間にか簡単な漢字くらいは読めるようになっていた。

「うん、題は合っていますよ」

「中身は？」

「見てもわからないですもん」

「そうではない。濡《ぬ》れているかもしれぬだろう」

「平気だと思うけど……なら、念のため」

巻物は左右の手で持ち、まずは右手で紐を巻き込むようにくるりと丸める。その調子で中身をあらためだすと、知道はにわかにそわそわし始めた。

「どうだ？」

「絵巻物ですよ、これ。あ、濡れてないです」

「では、経典ではないのか？」

知道が興味深そうに覗《のぞ》き込んでくる。

「そういやそうですね。うーん、この先にお経が書いてあるのかも…」

佐波が更に大きく巻物を広げた途端、目映《まばゆ》いほどの光が手許から広がった。

「ひゃっ！」

「うわっ！」

目が潰《つぶ》れそうだ。

それでも薄目を開けると、虹色の光が巻物の内側から溢《あふ》れ出している。まるで、巻物自体が光を放っているみたいだ。

「な、に、これ……⁉」

光は四方八方に飛び散り、一瞬にして消え失《う》せる。

「今の……いったい……」

小声で呟きながら佐波が振り返ると、知道はいつの間にか三歩くらい後退って築地塀にへばりついていた。

「お、おお、おい、何をした……⁉」

「こっちこそ聞きたいですよ！」

「よもや、呪いの経典ではなかろうな⁉」

「わかりませんよ。俺なんかより、知道様のほうがお詳しいのでは？」

『山海経』なる名前だけは聞かされていたけれど、中身なんて知るはずがない。

きょろきょろとあたりを見回したが、隣の店の連中は米俵のせいでまったく見えないし、右手は塀、裏手も塀だ。

「待て待て、あんたがいくらお得意さんだからって、さすがにそこまでは負けられないよ」

「そこを何とか」

「そんな安くっちゃねえ。こっちだって食っていかなきゃならないんだよ」

暫く聞き耳を立てていたが、隣の店の男は客と負けるだの負けないだのと話しており、こちらの異変にはちっとも気づいていないようだ。

腑《ふ》に落ちないものを感じつつも、佐波は自分が持つ巻物に視線を落とし、そして、同じように周囲の様子を窺《うかが》っていた知道と目を合わせた。

「ええっと……今の、俺たちしか見てないってことですかね……?」

「いや……きっと幻だ。そうに決まっていよう」

咄嗟《とっさ》に強引に巻き取ってしまったが、佐波はこわごわともう一度巻物を広げる。

「あれ?」

けれども、何かがおかしい。佐波は眉根を寄せ、思わず巻物に顔を近づけた。

「どうした?」

少し離れた場所から、へっぴり腰の知道が不安そうに問うてくる。

「さっき、ここに絵が描いてあったような気がしたんですけど、それが消えちゃってて」

「何だと?」

知道は表情を曇らせると顔だけを突き出し、おずおずと巻物を見下ろす。

「確かにちらりと絵巻のようにも見えたが……だが、墨で描かれた絵が斯様《かよう》に綺麗に失せるわけがないだろう。何の痕《あと》も残っていないではないか」

知道の指摘どおりに、筆写された文章の墨痕も鮮やかだ。ここから絵だけが跡形もなく消失するなんて、それこそ神仏の仕業でもない限りは不可能だ。

「でも、こんなにあちこちに白いところがあって……俺だったら詰めますよ。紙がもったいないじゃないですか」

手間暇かけて漉《す》かれる紙は高価で貴重だからこそ、役所などでは手軽で安い木簡が普及している。紙の場合は、一回使ったあとは裏に書く。それは別段失礼にあたらず、貴族の文だって同じだった。

なのに佐波が指さした文字の傍らには、ところどころに不自然な空間が生じ、考えられないほどに無駄の多い使い方だ。

「まあ、検分はこれでよかろう」

「はい」

そこで目を通すのをやめ、佐波は丁寧にそれをもとに戻した。

「どちらの姫君に差し上げるんですか?」

「相手は陰陽師《おんみようじ》だ」

一転して少し苛立《いらだ》ったような知道の声に、佐波は目を見開いた。

「陰陽師って、誰かを占ったり呪ったりするんですよね」

「そうだ。昔は唐から伝わった『陰陽道《おんようどう》』に基づいて占いをしていたそうだが、今じゃ、まじないもさせられるらしい。おかげでいつもぼやいているよ。こんなことが仕事じゃないってな」

「仕事で人を呪うのも因果ですね」

「しかも、あいつは呪術に関しては確かな腕前だからな。ちゃんと持っていかないと酷《ひど》い目に遭わされる」

「もしかして、脅されたとか？」

噂ばかりが先行する陰陽師は、佐波のような一般庶民から見れば、どことなく不吉で恐ろしい存在だった。

「やつは幼馴染《おさななじ》みで、常日頃から世話になっていてな。私は夜も働くことが多いし、何度か魔物除けの護符を書いてもらったので、礼にと要求されたのだ」

「忙しそうですもんねえ」

「ああ……そういえば、すっかり遅くなってしまった」

言いながら、彼は落ち着かない様子だ。まるで誰かに監視されているかのような素振りだが、当然、二人に関心を払う者はいなかった。

「すまぬ、長居してしまったな。また何かあったら頼むぞ」

「はい、知道様」

知道から金子《きんす》を受け取った佐波は、深々と頭を下げた。

「次もごひいきに」

「うむ、そのうちな。しかし、佐波……」

そこで知道はふっと相好を崩した。

「何ですか?」

「女みたいな悲鳴を上げるのだな。意外と可愛かったぞ」

「……からかうの、やめてください。俺だってびっくりしたんです!」

佐波が頬を赤らめると、知道は大きな声で笑った。

「じゃあな」

よほど嬉《うれ》しいのか、知道は店の前から小躍りせんばかりの勢いで歩きだす。

「ふう……」

焦った……。

これまで誰にも気づかれなかった自分の秘密を見抜かれたかと思って、どきどきしてしまった。

この秘密を知られたら、きっと、知道はこれまでのように自分には接してくれなくなるだろう。

無論、ほかの人たちも同様だ。

今までと同じでは、いられなくなる。

それは嫌だ。嫌というか、怖い。

自分は何一つ変わらないのに、他人の視線が変わってしまうのは、不安でならなかった。

❁・❁・❁

自分の家に近づくと、大声を上げて隣家の子供が泣いており、それを母親が一生懸命あやしている。

「お腹空いたの？　さっきあげたのにねえ」

おっぱいを丸出しにして赤ん坊に乳を吸わせている彼女は、佐波の姿を認めて「あら、お帰り」と声をかけてきた。

「ただいま」

「商いはどうだい？」

「まあまあだよ」

「そう、ならよかったねえ」

通り一遍の会話だったが、こうやって誰かとしゃべれるのは嬉しい。

「ああ、ほら泣きやんでおくれよ」

「またね」

赤ん坊の頭を軽く撫《な》でると、佐波は自分の家に足を踏み入れた。薄い板戸を閉めて、持ち帰った商品の入った布の袋と干物を床に置く。

煮炊きはかまどを使うのが普通で、小さな土間にかまどがしつらえられている。時間をかけて火を熾《おこ》した佐波は、買ってあった干し魚を炙《あぶ》った。

朝に炊いておいた冷えた麦飯で簡単な食事を終えると、漸《ようや》く人心地がつく。

もう寝てもいいだろうからと、佐波は自分の着物を脱ぎ捨てた。それから、胸に巻きつけてあった布を解く。

身体《からだ》を締めつけていた感触がなくなり、ふっと楽になる。

「あー……疲れたぁ……」

どさっと布団に横たわり、佐波は胸を丸出しにしたまま深々と息を吐いた。

「………」

少し、大きくなってきた気がする。

思わず両手で胸に触れてみると、やっぱり前より膨らんでいるような。

「――まいったなあ」

さすがにここまで育つと、押さえ込むのにもかなり無理があるみたいだ。

今日だって知道に女みたいだと指摘されて慌てたのは、正体を見抜かれたのではないかと焦ったせいだ。

つまり、自分が女だってことを。

性別を隠すように言いつけたのは、佐波の父親だ。彼が何を考えていたのかまではわからないが、父に命じられれば守らざるを得なかった。

もちろん、服や言葉遣いを男っぽくしているだけで、あえて男だと嘘《うそ》をついたわけではない。

彼が亡くなった今でも、男でいる必要があるのだろうか。

とはいえ、ごろつきや夜盗も多い都では、少女の一人暮らしは限りなく不用心で、明かすきっかけがないといえばなかった。

――いいか、佐波。おまえは男として暮らすんだ。そうでなければ……。

そうでなければ、何だっけ？

何か難しいことを言い聞かされたような気がするが、幼すぎたせいか思い出せない。

「気になるんだよなあ……」

佐波は深々とため息をついた。

棄《す》て児《ご》だった佐波は都の外れで父に拾われ、男手一つで育てられた。

父が船乗りをやめたのは、佐波のためだ。彼は葛葉小路で商いをしていたが、数年前に再び船乗りとして海に出て、まだ戻っていない。

彼はもう亡くなったと言いつつも、心の片隅では信じている。父は、まだどこかで生きているのではないかと。

そんなわけで、父を待ちながら、佐波は闇市で唐の珍しいものを並べて売っている。

もうぼんやりとしか顔を覚えていないけれど、市場の男女は皆、口を揃えて『いい男だった』と褒めそやす。こうして大人になってみると、父にもう一度、ほんのわずかな時間でいいから会ってみたかった。話をしたかった。

佐波の面倒を見てくれている大犬丸は葛葉小路の闇市の顔役で、元締めとして慕われている。父が最後の航海に出たのは大犬丸の口利きで、それを悔いた大犬丸は佐波を何くれとなく助けてくれるのだった。

だけど、いつまでも、こんな感じでいいのかな。

自分はずっと、男として生きていくのだろうか。もしそうなら、誰かと連れ添うなんてこともできないだろう。それがいいことなのか、悪いことなのか、佐波自身にはよくわからなかった。

「佐波！　佐波はおるか！」

いつの間にか、寝てしまっていたらしい。

遠くから、誰かのくぐもった声が聞こえてくる。

薄い布団の上でもそもそと起き上がり、佐波は口許のよだれを拭う。

「佐波！」

夢じゃ、ない……。

家の外に誰かが、いる。

胸を掻《か》き合わせて衣の乱れを直した佐波が立ち上がるより先に、戸がばあんと開き、同時に、戸口のつっかえ棒がばきっと折れて吹っ飛んだ。

なんて怪力だ。

一気に目が覚めた佐波の家に、黒っぽい人影が飛び込んでくる。

「誰……って、知道様⁉」

「起きろ！」

両手を腰に当てて立った知道の額には血管が浮かんでいる。

「あの、起きてます」

そもそもどうして知道がここにいるのだろう？

いや、今の問題はそれではなく……。

「うるせえぞ‼」

案の定、壁を隔てた隣家から罵声が飛んできた。

「ひえっ」

知道がびくっと身を震わせて、おどおどとあたりを見回す。ついで身体を反転させ、通りを見やる。

戸は全開だが、外にはまだ人気《ひとけ》はないはずだ。

「おい、佐波、誰と暮らしているんだ？」

「俺一人ですよ。で、さっきの声はお隣さんです」

佐波は声をひそめ、知道に近づいてひっそりと告げた。

「隣⁉　声がずいぶん近くで聞こえたぞ⁉」

「……これくらい普通です」

佐波たちは純然たる庶民なので、家なんて雨風をしのげればいい程度の簡単な造りだ。こうした家々は『小家《こいえ》』という名称で、いわば掘っ立て小屋だった。

「そうなのか？」

「そりゃ、俺たちの家は壁が薄いですからね。こんな時分から騒ぐと、近所のみんなが起きちゃいます」

途端に、知道はばつが悪そうに口を押さえた。

「それはすまぬ。我々は出仕するとなると、この時間から目覚めねばならんからな」

「そりゃ難儀ですねえ」

「いやいや、そなたたちも一緒だ。家が斯様に狭いうえに壁も薄いとは、気の毒になあ」

狭いとは言われても、隣は同じくらいの広さに一家五人で住んでいるはずだから、佐波なんて贅沢なほうだ。

なのに、知道の発言にはまったく悪気が皆無なのだ。

「ではなくて、えらいことになったぞ！」

隣人からは怒鳴られる代わりに今度は壁を叩《たた》かれて、知道は再度口に手をやった。

「えらいことって？　あ、それより、どうしてうちを知ってるんですか？」

「大犬丸を叩き起こした。火急の用件だからな」

ひそひそと知道は述べ、佐波の腕を無遠慮に摑《つか》んだ。

「来い、とにかく大変なのだ」

「えっと、待って。俺、検非違使に捕まるような真似《まね》は覚えがないですけど……」

「馬鹿め。検非違使としてだったら、もっとそれらしい格好で、部下も引き連れているわ」

薄暗がりでよく見えなかったが、確かに知道はずいぶん軽装だ。

狩衣は動きやすくて文字どおり狩りにだって使うし、遠出のときも身につける。直衣《のうし》も平常服だが衣冠束帯——貴族の正装にあたる——に似ていて、動きが少し不自由だ。けれども、衣冠束帯よりはずっと身動きを取りやすいので、身分の高い貴族の中には直衣で参内するのを希望し、特別に許可を得ている者もいるそうだ。

ともあれ、知道は出仕の途中ではなく、私用で朝っぱらからやって来たわけだ。

しかし、佐波には心当たりはなかった。

「ほら、早《はよ》う」

言葉とともに、むぎゅっと前方に引っ張られて、とりあえず立ち上がらされた佐波は顔をしかめた。

「いてて、ちょっと引っ張らないでくださいよ！　ちっとも事情がわからないんですが！」

「昨日頼んだあれだ。『山海経』だったな」

「――あれが何か？」

「やつに渡したところ、偽物だと言うのだ」

相手が誰かは知らないけれど、たぶん、昨日の話に出た幼馴染みの陰陽師だろう。

「偽物って、昨日、俺と一緒に確認したじゃないですか」

「私に真贋《しんがん》はわからぬ。ともかく、そなたが謝ってこい。そして金を返すがよい」

「だって、ほかに売るあてなんてないのに、金を返せといわれても……」

昨日もらった残金はほとんど手をつけていないものの、かなり困る。

だいたい、巻物の代金は先払いで船乗りの一真に支払っている。一真だって「こんなものを欲しがるとは奇特な御仁だ」なんて言い残したくらいだし、ほかに買ってくれる人も思い浮かばない。このままでは丸損になってしまう。

「払いたくないのなら、釈明すればよい」

どうやら、知道の狙《ねら》いはそちらにあったようだ。

ここで言い争っていても、近所迷惑なだけだ。佐波は追及は一旦諦めて、知道に従うことに決めた。

「わかりました。屋敷はどのあたりです？」

「案内《あない》は私がしよう」

「え？　これから出仕ですよね？」

「かまわぬ、そなたを連れていかなくては私が殺されるのだ。やつはじつに気軽に式神を送ってくるからな……」

式神とは、確か、陰陽師が使う霊のようなものだと小耳に挟んだことがある。もちろん、佐波が直《じか》に目にした経験なんて一度もなかった。

「外で待ってるぞ」

どんよりとした面持ちで告げ、知道は先に外に出る。佐波も慌てて身仕度を整え、まだ薄暗い通りに飛び出した。

「む。何か臭くないか？」

傍らに立った知道が顔をしかめたので、佐波は自分の腕や肩先の臭いを嗅ぎ、それから
「ああ」と頷いた。

「昨日、軒下にできた鳥の巣をどける手伝いをしたから」

「うっ」

唐突に知道が左胸を押さえ、よろよろと地面に膝を突く。

「すみません、そんなに臭いですか？」

「心の臓が…苦しい……」

相当力を入れているらしく、知道の狩衣には大きな皺《しわ》が寄っている。

「知道様⁉」

「これ、は……やつが……人形《ひとがた》で……」

察するに、幼馴染みが知道を呪っているというわけか。

確かに知道は息も絶え絶えで、このままでは倒れてしまうかもしれない。

「わかりました、とにかく、行きましょう！」

佐波は泥棒に入られては困ると思い直し、自分の荷物も一緒に持ち出した。

二

佐波たちの暮らす平安《へいあん》の都は、唐の都である長安《ちょうあん》を参考に作られているそうだ。

都の北で威容を示すのが、帝のおわす大内裏だ。とはいえ、警備は意外と緩くて、佐波のような庶民でも忍び込めてしまうこともあるとか。

平安の都は誰かが移り住んで自然と今の町ができたのではなく、最初から天子様が考えをもって設計した場所だ。

都の中央で南北を貫く大通りは朱雀《すざく》大路。これによって、都は東西（あるいは左右）に二分割される。

朱雀大路に立ち、大内裏から船岡山を背にした左手が左京、右手が右京と呼ばれている。囲碁で使う碁盤のように正確に区画を分けたそうで、通りは大内裏の裏手にある一条《いちじょう》から始まり、最南端が九条《くじょう》とつけられていた。

しかし、左京と右京がいずれも同じように発展したかというと、そうではなかった。右京は桂川《かつらがわ》の河道や河原など、湿地で池が多い。特に南西部は、人が住めない土地ばかりだ。おかげで重要な建物も少なく、好んで住み着く者もほとんどいない。そのため、場所によってはならず者の縄張りらしい。

貴族の邸宅も左京に集中し、今は葛葉小路のある左京のほうが栄えている。

貴族は基本的に参内して仕事をするので、たいがいは出仕に便利な一条から三条《さんじょう》あたりまでに住んでいる。庶民は空いた場所に居を構え、葛葉小路は七条《しちじょう》に位置していた。

なのに、時行の邸宅は右京でおまけに九条だという。つまり都においては外れも外れ、限りなく都の外といえる。佐波だって、あえて用事がなければ、右京でも九条周辺には滅多に行かない。

陰陽師は中務省《なかつかさしょう》の陰陽寮《おんようりょう》に所属する役人だから、出仕の義務があるはずだ。いくら牛車を使えても、不便ではないのだろうか?

「はあ……憂鬱だ……」

先ほどまで死にそうな様子だったけれど、牛車に乗った頃には、知道はかなり落ち着いていた。とはいえ、彼の声はひどく暗い。

身分的にも佐波は牛車に乗れないので、牛車を先導する牛飼童《うしかいわらわ》の後ろを歩いていた。

右京を南下していくうちに目に見えて家屋敷はまばらになり、空き地には木々が鬱蒼《うっそう》と茂るのが目につく。先ほどまではちらほら見かけていた人影もここに来るとぱったり途絶え、子供たちが遊ぶ声すら聞こえなかった。

「こんな淋《さび》しい場所に、本当に人が住んでるんですか？」

牛飼童に尋ねると、彼は無言で首を縦に振った。

と、突然、近くの木に止まった鴉《からす》が大声で鳴き始めた。

「！」

あまりの不気味さに、正直、帰りたくなってきた。

「……あれ？」

そのうえ、何かがこちらに視線を向けている。

人かと思ったがそうではなく、橋のたもとにちょこんと白い狐が座っていたのだ。

──また……？

じいっと見つめられて気味が悪くなったものの、知道に知らせるのも躊躇《ためら》われて黙り込んだ。

何だろう。

鴉と狐って、とても不気味な組み合わせだ。

普段は楽天家の佐波でさえもぞくっとしたところで、牛車ががたんと止まった。

「着いたぞ」

「えっと、ここ……？」

目的地は、この場に似つかわしくないほどに目立つ、真っ白な築地塀に囲われた一軒家だった。

「何だかうらぶれた場所だなあ」

佐波の呟きを拾い、「うむ」と知道が相槌を打った。

「斯様な土地に好き好んで住まうとは、あやつは何を考えているのやら」

「陰陽師だって、出仕するんでしょう？　ここからじゃ不便じゃないですか？」

「そうなのだが、あやつ、さまざまな理由をつけてなかなか出仕しないのだ」

「いいんですか⁉」

「人を呪うくらい、家にいても片手間にできる——などと言ってな。おかげで、同じ陰陽寮の者たちからは嫌われている」

「でしょうねえ……っと」

うっかり本音を発してしまい、佐波は慌てて口許を押さえる。

「——そのお方、知道様とは幼馴染みなのですよね？　知道様も、昔このあたりに住んでいらしたのですか？」

「逆だ、逆。やつも以前は一条で暮らしていたが、師の養子になって実家を出たのだ。以来、こちらのほうが余人に邪魔をされなくていいと、引き籠《こ》もってしまってな」

「へえ、珍しい」

「斯様に不気味な場所では、陰陽寮の連中も来づらいからな。出仕せよと催促しに訪れる者もおらず、誰にも邪魔されずに術の研究ができるとか。時々、おぞましい悲鳴も聞こえてくるぞ」

「悲鳴……ですか……」

噂の陰陽師は、よほど恐ろしい呪いを研究しているらしい。

しかし、知道の邸宅がある一条ならば、左大臣の一族などの大貴族たちが居を構えている。ならば、その時行なる人物も、じつは立派な家の生まれなのだろうか。

「九条あたりでは何か大事が起きては困るから、せめてもっとにぎやかな場所に引っ越せと忠告しているのだが、こちらの言葉はいっさい聞き入れぬのだ」

知道は憂鬱そうにため息をついた。

付き人たちが牛を車から外し、今度は人力で引っ張り、そろそろと正門を抜けていく。牛車は前から降りるので、牛をいちいち外さなくてはならないのだ。

「では、行くぞ……」

さも嫌そうに歯切れが悪く言った知道は、牛車を乗りつけた『中門廊《ちゅうもんろう》』という部分からひょいと屋敷に上がる。中門廊は広間に続く廊下を意味し、牛を外した牛車を直接廊下につけることで、地面に一度も足を着けずに屋敷内に移れる仕組みだった。

知道のあとから佐波も廊下に上がると、「お待ち申しておりました」と女人の声が響いた。

「！」

早すぎる反応に驚き、佐波はぎょっとして顔を上げる。

二人を真っ先に出迎えたのは、下げ髪のなよやかな女性だった。女房姿で袿《うちき》を身につけ、端整な顔は光り輝いているようだ。やはり、陰陽寮の有力な陰陽師ともなると、綺麗どころを雇えるらしい。

斯くもきらきらした豪奢《ごうしゃ》な小袖は、初めて見た。

「美しいといっても、こいつは式神だからな」

知道はどこか薄気味が悪そうに釘《くぎ》を刺してから、女房に向き直る。

「おい、松葉《まつば》。やつはいるか？」

「お待ちしておりましたと申し上げたはず。どうぞこちらへ」

声も涼やかでどう見ても普通の人にしか思えず、この女性が呪術で作られているとは信じがたい。

陰陽師が式神を使うとは小耳に挟んでいたが、人間とまったく変わらない。

見惚《みと》れてしまう。

宮廷に仕える女房も、こんなに綺麗なのだろうか……？

「鼻の下を伸ばしてるんじゃあない。どうせ紙だぞ？」

「違います！」

珍しさからしげしげと眺めていたのだが、知道は何かを誤解したようだった。

「とにかく、こちらだ。さあ、早う」

「はいはい」

寝殿造りの屋敷において、中門廊というのは、いわゆる対屋《たいのや》と呼ばれる建物同士を繋《つな》ぐための廊下を指す。

佐波と知道が通されたのは、建物をぐるりと取り巻く板敷きの廂《ひさし》だった。御簾《みす》は巻き上げられ、この家の主《あるじ》と思《おぼ》しき男性が不機嫌そうな面持ちで、藁《わら》で編んだ敷物を錦でくるんだ円座《わろうだ》に座している。

知道が式神だの呪いだのと羅列するから、もっとおどろおどろしい雰囲気の容貌魁偉《かいい》な人物かとばかり予想していたが、想像とは真逆だった。

歳の頃は知道と同じくらいだから、二十代前半あたりか。

顔立ちは端整、どちらかといえば優美で、細い眉と涼しげな目許、朱《あか》い唇が印象的だ。色は白く、艶《つや》のある髪を結い上げているせいでうなじの線がちらりと見えた。

先ほどの女房よりもずっと美しい。

こんなに端整な人が作ったから、式神の松葉も艶美な女性なのかもしれない。

立烏帽子と狩衣を身につけ、くつろいでいた様子からいって、今日は参内する予定はないらしい。陰陽師というから同じ狩衣でも儀式に使われる真っ白な『浄衣《じょうえ》』を着ているのではないかと思ったが、完全な普段着のようだった。

「そなたが葛葉小路の何でも屋か」

凜然《りんぜん》たる声が、がらんとした部屋に響く。

低すぎず高すぎずの声は耳に馴染み、妙になめらかだ。

知道の手振りで床に腰を下ろした佐波は低頭し、板の間を眺めながら口を開いた。

「あ、は、はい！　俺の売った巻物が偽物だっていうのは、いったいどういうことですか？」

気になっていたので、佐波は真っ先に本題に切り込む。

「知道、そなた、よけいなものを連れてきたな」

この男、人の話をまったく聞いていない……。

思わず顔を上げ、佐波は呆れて目を丸くした。

「え？　俺？」

いきなりの指摘を受け、知道は自分の顔を指さす。

「そうだ」

すらりと立ち上がった男が上体を屈め、知道の肩先からつまみ上げたのは、目を凝らせばわかる程度の小さな羽虫だった。

「……虫じゃないか？」

「うむ」

頷いた彼が手を離し、それにふっと息を吹きかける。

途端にぼっと音を立てて羽虫が燃え上がった。

「うぎゃっ！」

どこからともなく悲鳴が聞こえ、佐波は凝然と羽虫を見つめる。

今の声は、羽虫が発したのか？

「今の……何ですか……？」

怖がりのつもりはないのに、背筋をぞくぞくと冷たいものが伝う。

「これは式。式神とも言う。陰陽師によって作り出された、かりそめの命を与えられた生き物だ」

彼はどこか抑揚のない、硬質の声で告げる。

さっきの松葉と同じなのか。

「屋敷は結界で守られているが、この男だけは自由に通れるようにしている。それに気づいた輩《やから》が、式神をつけて寄越したのであろう。ありきたりの手口だが、まさに悪い虫だな」

「すまぬ」

しゅんと肩を落とした知道に対し、彼は「仕方あるまい」と鷹揚《おうよう》に答えて佐波に向き直った。

「遅くなったが、私は安倍時行《あべのときゆき》だ」

「安倍？　安倍って、あの有名な⁉」

安倍家といえば、佐波すら知っているほどの高名な陰陽師の一族だ。

「優れた弟子は養子にするため、陰陽師に安倍は多い。気にすることはない」

「はい。ええと、時行様には、敵でもいるのですか？」

「ふふ、おらぬと思うか？　我ら陰陽師は、修法《ずほう》も行うのだぞ」

朱い唇に笑みを刷き、時行は面白そうな口調で問う。

「修法って、病気が治るようにとかでしょう？」

「それは平和で結構だが、命令とあらば、雇い主の敵を呪うこともある。――が、今は陰陽師の説明は必要なかろう。それよりそなた、なにゆえに左様な格好をしている？」

「えっ、あ……臭いですか？　俺、昨日は仕事で鳥の巣を片づけて……」

佐波は身なりに気を遣わないほうだったが、いざ、このように美しい男性の前に出ると、急に自分のだらしない格好が恥ずかしくなってしまう。

立ち上がった佐波があわあわと自分の直垂の襟や裾をはたいていると、知道が時行に向かって唇を尖《とが》らせた。

「そりゃ、佐波は庶民なんだ。貴族の館に来るからって、装束を整えろっていうのは無理な話だろ」

「そういう意味ではないが……おまえがそう思っているのなら、よい」

「いいなら聞くなよ。可哀想《かわいそう》だろうが」

はあ、と時行がため息をつく。時行の口ぶりに何だか含みがあったようだけれど……気のせいだろうか。

「ともかく、座れ」

「あ……は、はい……」

やりにくい。

気圧《けお》されつつも佐波が再び床の上に腰を下ろすと、わずかに距離を取って時行が、そしてその傍らに知道が座する。

これでは、二対一で詮議でも受けているようだったが、今は致し方ないだろう。

「若いと聞いていたが、まだ子供ではないか。これではやりづらいな」

「だろう？　手加減してやれよ」

こそっと知道が告げるが、距離的に時行、佐波、知道の位置にいるので、こちらには丸聞こえだった。

「やはり、年長者のおまえが責めを負うべきであろうな」

「俺が⁉」

よくわからないやり取りが繰り広げられ、知道が一方的に震え上がっている。

「先に伝えておく、そなたの買いつけてきた『山海経』は偽物ではない。そもそも写《うつし》だから、一つずつ違うのは仕方がない」

「え、そうなんですか⁉　よかった……けど、じゃあ、何で呼んだんですか？」

つまり、佐波は言いがかりをつけられたのだ。

「絵が見当たらぬからだ。そなたに心当たりは？」

そういえば、絵が綺麗さっぱりなくなっているのがおかしい、と昨日も知道が指摘していたではないか。

「昨日は濡れてないか中を確認したけど、絵が消えた理由までは……」

「ほう。絵が消えたと申すか。最初から絵などなかったとは言わぬのだな」

「！」

佐波は言葉に詰まった。

知道に唆《そその》かされたとはいえ、中身を見るなという言いつけを破っているのだ。

眼光鋭く自分を見つめる相手に対し、ふてぶてしく言い訳をできるわけもない。

「そなた、何をした？」

「だから中身を……普通に、こう、巻物を広げただけです。でも、すぐにやめました」

「では、同じようにやってみせよ」

「だって、ただ開いただけですよ。これ、何か呪われた経典なんでしょう？　さっきから、知道様が尋常じゃなく怯《おび》えてますもん」

事実、知道は時行とも佐波とも距離を取って、階《きざはし》の近くに座っている。おそらく、何か起きたときに即座に庭に逃げられるようにとの心づもりだろう。

勝手な推測だったが、それを聞いて時行が微《かす》かに唇を綻《ほころ》ばせた。

「はっきりとものを言うところはよいが、知道が臆病風に吹かれているのはいつものことだ」

「何を！　怯えてなどおらぬわ！」

むっとしたように離れた場所から知道が吠えるが、時行も佐波も取り合わなかった。

「それに、呪いの経典など、興味があれど迂闊《うかつ》に取り寄せたりするものか。唐の国の呪いは、我々陰陽師であっても対処は難しいのだ」

「呪いじゃないのなら、何について書いた経典なんですか？」

「あちらの地理と化生《けしょう》——もののけやあやかしのたぐいが描かれているだけだ。単なる興味で頼んだが、しくじったかもしれぬな」

呪いのためでないと知り、佐波はその点だけは安堵《あんど》する。

「ものは試しだ。昨日と同じようにせよ」

「わかりました。じゃあ……」

巻物の軸を右手に持ち、そろそろと広げていく。これは正式なやり方で、まずは左手で絵巻物を己の肩幅の分くらい開き、見終わったら右手で巻き取っていくのだ。

ない。ここにも、次のところにも、絵はまったくない。

佐波は激しい胸騒ぎに襲われながら、先を急ぐ。

「あっ」

「何だ？」

「ここだけ、絵が残っていますよ。ほら、これ。牛かな……？」

佐波が不気味な絵を指さした瞬間、握り締めた巻物から強い光が立ち上った。

昨日と同じだ。

「な」

驚いたように腰を浮かせ、時行が声を上擦らせる。

時行は眩しさに目を細めながら、引き寄せられるように巻物に向けて手を伸ばす。

けれども、間に合わなかった。

「！」

光はまるで流星のように尾を引きながら、そのまま天井を突き抜け、何ごともなかったように消えていった。

「おお……あれが、また起きるとはな……」

唇を震わせて知道が呟いたのを聞き、時行が眉を吊り上げた。

「よもや、昨日も同じことが起きたと申すのか？」

「……はい」

「決まりだな」

決して大きくはないが力の籠もった時行の声が、板間に響く。

「え？」

「そなたのせいだ。ええと……」

「佐波」

そういえば名乗っていなかったと、佐波は口を開いた。

「葛葉小路の佐波」

「そう、佐波。そなたに何かがあるらしい」

想像だにしていない指摘をされ、佐波は目を瞠《みは》った。

「俺に？　いや、俺は陰陽師とかの才能はからっきしですよ。試したことはないけど」

「それくらいは、先ほどの振る舞いを見ればわかる。だが、何かしら思い当たらないかを尋ねたいのだ。そなたはこれまでに変わった経験をしたことは？」

「待て、時行。絵が消えると、どうなるのだ？」

知道が問うた瞬間、耳をつんざくような悲鳴が外から聞こえてきた。

赤子の泣き声に似ているが、近辺に人家など見かけただろうか。

「なに、あれ……」

「化生だ。つい先刻、この巻物から飛び出したであろう」

「ほんとに⁉」

佐波は目を見開き、絵が欠落した巻物に視線を落とした。

「闇雲に追いかけても、逃げられるだけだ。まずはそなたの身の上を知るのが先だ」

時行は涼しい顔つきだった。

「これまでに、今のような妙なことはなかったか？」

「何も」

迂闊なことを口走ってぼろは出せないと、佐波は短く答えた。

「ならば、親兄弟に陰陽師や高僧などはおらぬか？」

「うーん……俺、棄て児だし。身許なんてわかりません」

「棄て児？　どこで拾われた？」

「都の外れだって。親父《おやじ》に拾われて、詳しい身の上は知らないです」

「なるほど。よくある話だ」

そこでふっと彼は息を吐いた。

「船を使って希《まれ》に唐土《もろこし》の化生が渡ってくることもあるので手に入れたが、時として、斯様な巻物には霊力が籠もってしまうと聞いてな。それを恐れて、包みを決して開けるなと言ったのだ。しかし、そこの男は遣いもろくにできぬ様子だな」

「ううっ」

時行の涼しげな目許で睨《にら》まれると、美しいだけにかえって妙な迫力が感じられる。続けて睥睨《へいげい》され、知道が震え上がるのも道理だった。

こちらだって、肝が冷える思いだ。

佐波は昨日、知道の口車に乗せられて開封してしまったのを、心の底から反省していた。

「さっき、呪いの巻物なんかじゃないって……」

「呪いと霊力は違う。とはいえ、昨晩は私が開いても光など何も出てこなかった。となれば、そなたのせいと思われる。護符や呪符などつけてはいなかったか?」

「ないです。うーん……あ、あるとすれば、これかな」

佐波が自分の腰の帯紐に差していた、金属製のお守りを差し出した。

「これ、拾われたときに俺が持っていたらしい……です。銛《もり》みたいですけど」

金属でできた棒状のもので、真ん中に大雑把な造形の取っ手がついている。両側は先端に行くにつれて細くなってぱっと見ると刃物に似ているが、そこまで尖っていないので武器としてはまったく役に立たないはずだ。

「見せてみろ」

近づいた知道はお守りを手に取り、指先でつつく。

「銛ってのは、魚を捕まえる道具だろ？　これじゃ何も刺さらない。鏃《やじり》には近いが、刺すのも無理だ」

言い終わると同時に、知道はそれを時行に手渡した。

時行は複雑な面持ちでそれを掌の上で転がしていたが、やがて薄く笑む。

「え、何かわかるんですか？」

「これは魔除けだ。いわゆる独鈷《とっこ》で、武器でも漁具――漁師の道具でもない」

「魔除け？」

「密教で使う道具で、唐渡りのかなり貴重な品であろう。これのせいで、巻物に描かれていた魔物が、そなたを恐れて逃げたのかもしれないな。あるいは……」

そこで彼は唐突に言葉を切った。

「あるいは？」

「いや、何でもない。ただ、これを肌身から離さぬほうがよい」

時行は首を横に振ると銛を床に置き、すっと佐波に向けて押しやった。

「はい。それで、その……お代は？」

「返さずともよい。こんなものが他人の手に渡っては、もっと厄介だ」

「何が？」

眉を顰《ひそ》め、知道はきょとんとしている。

「『山海経』は、人にあだなす化生が多く描かれているのだ。放っておけば、都で暴れるやもしれぬ」

「ええ？　まさかそんなこと……」

「何だと⁉　大ごとじゃないか！」

佐波と知道は正反対の反応を示した。

「私の言うことを信じぬのか？　恐れを知らぬやつだな」

「だって、どれだけすごい陰陽師か知らないもの」

「試しに、ここで知道の首を落としてもよいが」

「や、やめろ！」

ひゃっと息を呑《の》み、知道が自分の首を両手で庇《かば》う。

その怯え方から判断するに、時行はそれなりに力があるのかもしれない。

「ともあれ、このままにしておけば、私にも働けと命令が下るだろうな」

「引き籠もっていられないんですか？」

「陰陽寮の連中はこの国の呪いには対処できても、大陸の化生は手に負えぬであろう。ぬるま湯に浸《つ》かっているような連中ばかりだからな。まったくもって腹立たしい」

表情はいっさい変わっていないのだが、これでも腹を立てているのだろうか。

「待て！　頭にきたからといって俺を呪うなよ！」

「いくら私でも、子供のときとは違う。今の私がそなたを呪えば、即座にここに死体が一つできよう。藤原北家に連なる御曹司に手を出せば、私の立場も危うくなる」

「！」

知道が声もなく震え上がったので、本当に呪っていたのか——と佐波は度肝を抜かれた。

「ともかく。ここに描かれていた魍魎《もうりょう》たちが解き放たれたとはいえ、まだ彼らが何をするかはわからぬ。暫《しば》し、様子を見るほかあるまい」

「もどかしいなあ」

佐波はため息をついたが、ここで自分にできることは何もなさそうだ。

「わかりました。俺、とりあえず仕事に行きますね」

「それでよかろう」

「何か手がかりを見つけたら、真っ先に知道様にお知らせしますから。化生とやらも、捕まえられたら捕まえるし」

握りこぶしを作った佐波の言葉を聞いて、時行はわずかに眉根を寄せた。

「——何か武術に覚えがあるのか？」

「いえ、全然」

「ならば、化生を見つけても危ない真似《まね》は絶対にせぬことだ。よいな？」

か。


「しとやかにせよとは言わぬが、無茶はよせ。こちらもそこまで面倒は見きれぬ」

佐波はぽかんとした。

しとやか、って……勘違いでなければ、主として女性にかけるべき言葉ではないだろうか。

「へっ？」

「さあ、行け」

さっきの衣の件といい、もしかして、見抜かれてる？

急に胸がどきどき脈打ち始め、頬が火照ってきた。

「そなたもだ、知道」

「えっ、俺も⁉」

「役立たずは帰れ」

さらりと言われて、知道は嬉しげに目を輝かせた。

「あ……うむ！　そうか！　では、帰るぞ！」

「この一件は貸しにしておくからな」

釘を刺されて、知道はがっくりと厳《いか》つい肩を落としたのだった。

三

「はあ……まいったなあ……」

牛車に乗り込んだ知道のぼやきが聞こえてきて、傍らを歩いていた佐波は噴き出した。

「大袈裟《おおげさ》ですよ、知道様。まだ化け物が暴れるって決まったわけじゃないし」

「それはいいいんだ」

「いいんですか⁉」

都を守護する検非違使なのに、あまりにも無責任ではないか。

「よくはないが、今は時行が恐ろしい。そなたは呪《じゅ》の何たるかを知らぬから、暢気《のんき》でいられるのだろうがな」

「えっと……呪われるのって痛いんですか？」

「痛いし、何よりも怖い」

「怖い……？」

知道の端的な発言には何か意味があるように感じられ、佐波はつい繰り返してしまう。

「うむ。あやつの力はきわめて強い。けれども、人を呪えば自分にもわずかだが跳ね返る。私には何も返したりはできぬが、そういう災いの種のようなものは、少しずつ溜《た》まっていくと聞く」

人を呪わば穴二つ。

積み重なった呪いは、いつか呪った陰陽師自身をも滅ぼしかねない——とか？

「……知道様は、時行様が心配なのですね」

「は？　そんなこと、一言も言っておらぬであろう」

牛車に乗っていた知道がぽかんとしたので、佐波はまあいいかと思い直した。

知道が表現する「怖い」は、幼馴染みに降りかかる厄災を恐れ、相手の身を案じる感情も交じるのではないか。

いや、きっとそちらのほうが大きい。

知道は何だかんだと懐の広い人物で、身分の低い佐波のことだって思いやってくれる。

だが、知道にはそれがあたりまえすぎて考えが及ばないのかもしれない。

それが友達って意味なのかな。

知道らしい鈍感さが妙に微笑《ほほえ》ましくなり、佐波は口許を腕で隠した。

「さて、そなたの家はここであろう。私は出仕するのでな」

「はい」

佐波は朱雀大路の七条あたりで彼と別れ、ひとまず葛葉小路へ向かう。

「魚はいらんかね」

今日は頭に魚の入った籠《かご》を載せた大原女《おはらめ》が歩いており、衣の鮮やかさに目を奪われてしまう。

もし、自分が女性として生きていたらあんな格好で町を闊歩《かっぽ》したのだろうか。

それはそれで、楽しかったかもしれない。

「あ!」

不意に思い出したけど、時行は佐波の性別を見抜いた様子だった。

そのくせ、それに関しては一言もなかった。

理解、できない。

佐波が男と女、どちらでもいいってことか?

それはそれで、自分がこれまで後生大事に抱えてきた秘密が大したものじゃないように思えて複雑だ。

だいたい、どうしてわかったんだろう?

そんなにあからさまに、松葉を羨ましげに眺めていたのだろうか。

「く……」

初対面とはいえ、見透かされたのにはなぜか妙に腹が立つ。

……あれ？

自分は女だって知られたいのだろうか。それとも、嫌なんだろうか。

初めて出会う感情に惑い、自身でも、この秘密を如何《いか》に扱うべきか混乱してきそうだ。

「よう、佐波」

葛葉小路の入り口で朗々とした声で呼びかけられ、佐波はそちらに顔を向ける。

「大犬丸！」

四十過ぎのがっちりとした体軀《たいく》の大男の名は、大犬丸。

彼は葛葉小路の管理を生業《なりわい》にする、市場の顔役だ。そして佐波が本当は少女だと知っているのは、大犬丸だけだった。

秘密を明かした相手がおそらく二人に増えたけれど、べつに、どうってことはない。

「今日はどうした？」

「ちょっと面倒なことがあって、知道様の知り合いの家まで説明に出かけてたんだよ」

「ふむ」

生返事をしながら、大犬丸は佐波を見下ろしている。

「あ、昨日、ここらへんですごい光が見えたって話、聞いた？」

「知らねえな。火じゃなくて、光だって？」

大犬丸は首を傾《かし》げ、腕組みをした。

「ごめん、何でもない」

やはりあれは、知道と自分しか見ていないのだ。

「知道様の知り合いって、誰のところに行ったんだ？」

「陰陽師の安倍時行って人だけど、知ってる？」

「えっ」

大犬丸は虚を突かれたような顔になってから、すぐに佐波に詰め寄った。

「本当か⁉」

「嘘なんてつかないけど……なに、その人、何か曰《いわ》くつきなの？」

「有名じゃないか。左の大臣《おとど》の隠し子ってやつ。まあ、真偽のほどはわからんが」

「へえ……初耳だよ」

左の大臣とは、すなわち左大臣を指す。関白や摂政と並んでこの国の政を司《つかさど》り、佐波のような庶民から見ればそれこそ雲の上の存在だ。

どこか浮き世離れして飄々《ひょうひょう》とした様子は、そういう出自ゆえなのかもしれないし、知道の幼馴染みなのも納得した。

「それで、去年、右大臣の弟君を呪い殺したって噂だ。陰陽師ならそれくらい造作もないんだろうな」

「覚えてる……高熱で三日三晩苦しんだ挙げ句、全身から血を噴き出して亡くなったってやつだっけ……」

まさか、そんな恐ろしい人だったとは。だとすれば、知道のあの怯え方にも合点がいく。

「そうだ。しかも、どうも陰陽師の影を踏んだせいらしいんだ」

「影？　そんなに理不尽な御仁には見えなかったけどなあ？」

影とは、今、佐波の足許にもあるこれのことか。

「人は見かけによらないぜ。何せ、狙った相手は百発百中呪い殺すって噂だ。粗相したってのは、許してもらえたのか？」

「一応」

「危ない真似はするなよ。おまえのことは、親父さんに念入りに頼まれてんだ。何か困ったことがあれば、俺が相談に乗るからな」

「ありがとう」

「まったく因果な話だよなあ。生きていくためとはいえ、その嘘をずっと引《ひ》き摺《ず》るなんてな」

ぽん、と大犬丸が肩を叩いた。

嘘をついているわけじゃないけれど、でも。

本当の自分でいられないのは、ちょっと息が苦しくて。

だから、こうして誰かにそれを知られるのは、悪くないのかもしれなかった。

「うわあああああ‼」

耳をつんざくような悲鳴があたりに響き渡り、佐波はがばりと起き上がった。

な、何だ……？

慌てて胸に布を巻きつけ、佐波は自分の衣の前を掻き合わせる。

驚きながら外に飛び出した途端に、目についたのは夜空に不気味に輝く赤い月だった。

近所の住民の反応はそれぞれで、戸をぴったりと閉じる者もいれば、佐波のように戸口から転がり出てきた者もいる。

「何だ、今の声⁉」

まだ真夜中だっていうのに、いったい誰なのか。

隣家の男に問われて、佐波は首を傾げる。

「わからない。夜盗かもな」

何となく、嫌な予感はあった。

おぞましい何かがやって来る、そんな気配。

一度中に戻って、念のため商売道具の入った布袋を手に取る。

「見てくる‼」

「危ないよ！」

　呼び止められたけれど、何だか胸のあたりがどくどくと脈打っている。

血のように真っ赤な、気味の悪い月。

こんなときには、化生が出たっておかしくはない気がして。

不意に何かの臭いを感じて、佐波は足を止めた。

「ッ」

これは——血の臭い……だ。

ざわっと身体の奥が熱くなる。心の臓に血が集まっていくみたいだ。

この近くで、何かが起きたのだ。

佐波は無意識のうちに、腰から吊るしたままの銛の柄《つか》を握る。

銛じゃなくて、独銛だっけ。

これが時行の推測どおりに、お守りであることを祈るのみだ。

誰かが生まれたばかりの自分に持たせてくれたのだから、きっとご利益があって守ってくれるに違いない。

普段なら笑い飛ばすような迷信だけれど、時行の言葉を素直に信じられた。

そういえば、無理をしないようにとも言われたっけ。

と、月が雲に隠れてしまう。

暗がりを慌てて数歩進んだ佐波は、足許に何か落ちているのに気づいて、咄嗟に避ける。

「おっと」

石か何かだろうか。大きな丸い物体だ。

こんな邪魔なものがあったら、牛車が乗り上げてしまいそうだ。

とりあえずどけようと手を伸ばしたとき、雲が切れて月の光が差す。

「‼」

石、なんかじゃない。男の生首だった。

目をかっと見開き、口許からは血が溢れている。

「わわわっ」

勢いで触れてしまった生首を目にした瞬間、酸っぱいものが口中にこみ上げてくる。

吐きそうだ。

……ううん、もう……。

思わず佐波は口許を押さえ、それから転げるようにして道の端に行って嘔吐《おうと》した。

「う、うう……」

ひとしきり腹の中身を出し尽くしてからあたりを見回すと、前方で馬がいななく声が聞こえた。

戻るのも恐ろしく必死で前に進むと、暗がりには蒼褪《あおざ》めた顔の少年が地面に座り込んでいた。そのすぐ傍らでは馬が昂奮《こうふん》に蹄《ひづめ》を何度も打ち鳴らし、いなないている。はずみで、背中に乗せていた何かがどうっと音を立てて落下した。

——胴体だ。

さっきの首の主は、貴族だったのか。

そして、質素な水干《すいかん》を着ているから、少年は貴族の下人だろう。おそらく、従者として連れてこられたに違いない。それなりの身分でなければ牛車での移動はできないうえ、昼も夜も牛車はとにかく目立つ。夜這《よば》いは人目につかぬよう、従者をつけて馬で移動する者も多かった。

佐波は一度深呼吸を試みたあと、慎重に少年に近づいていく。もしかしたら、彼が犯人かもしれないと思ったからだ。

「大丈夫?」

思ったより、ちゃんと声が出た。

佐波が静かに尋ねると、彼はがくがくと首を縦に振った。

月明かりのおかげで、少年が背中から血を浴びているのが見えた。背格好からいっても、馬に乗った相手の首に斬りつけるのは無理だろう。人の首を斬り落とすなんて、相当な力が必要だ。

「あれ、誰にやられたの? 夜盗?」

佐波の顔を見上げ、彼は蒼白《そうはく》のまま口を開いた。

「牛……」

「牛⁉　どこにいるの⁉」

牛といえば、牛車を引くあの牛が真っ先に思い浮かぶ。時々昂奮して手がつけられなくなるが、たいてい、牛はとても温厚な生き物だ。おまけに、どんなに巨大な牛であっても、馬上の人間の頭部に攻撃を加えるのは難しいはずだ。

「それが、知らぬ牛で……どこかの邸宅から逃げてきたのではないかとご主人様が馬を止めたら……そこでいきなり……」

少年はそこで俯き、再び震え声で続けた。

「……その、牛が何かをしゃべって……」

「牛が？」

先ほどから牛としか口走っていないのは、佐波には想像を超えた事態だったからだ。

と、少年が顔を上げた。

朱雀大路のほうから、人の声と蹄の音が聞こえてくる。ずいぶんと急いでいるようだ。

どやどやとやって来た騎馬の一群が、道を塞《ふさ》いだ。

赤い月の夜、暗がりでもぱっと目を惹《ひ》く白装束を身につけているのは検非違使だ。

「誰《たれ》かある！」

馬上の一人が居丈高に問うてから、「お」と声を発した。

「佐波ではないか」

「知道様！」

顔見知りに会った安心感に、異常な状況でありながら、どっと身体の力が抜ける。

「驚いたな……おまえ何を……⁉」

濃厚な血の臭気に当てられたのか、知道は口許を押さえた。

「あ、いえ、そうじゃないです。俺じゃなくて、あれ……化生が……」

言い止《さ》したところで、部下の一人が知道に近づいて口を開いた。

「申し上げます、そこに、人の首が！」

「ひっ！」

拾い上げた首を高々と掲げられ、知道が悲鳴を上げる。

「さ、佐波、おぬしが殺したのか⁉」

「まさか！」

そもそも、佐波がそこまで剛力でないのは知道だって知っているだろう。いつも細い細いとからかうくせに。

「ぬ……う……返り血はないか……」

薄目で佐波を一瞥《いちべつ》し、知道はそうだなという様子で頷いた。

「あの子……従者は、しゃべる牛にやられたって言ってます」

「なななな何だそれは！　そ、そこに、いるのか⁉」

知道は馬上で自分の太刀の柄を握り締めた。

「いやたぶん、今はいません。いたら俺たちもやられてたし」

「そうか……」

ほっとしたのか知道は先ほどより落ち着きを取り戻し、小さく咳払いをした。

「関係ないのならば、そなたがいると面倒だ。必要とあらば話は明日にでも聞くから、今日は帰れ」

「わかりました」

確かに、今から取り調べを受けるのは御免だった。

とりあえず、帰って寝よう。

挨拶もそこそこに、佐波は身を翻して歩きだした。

だが、どっと疲れがこみ上げたせいか、妙なものを見たせいか、やけに足が重い。

と、風に乗って、人の叫び声が聞こえたような気がした。

「……ん？」

大通りを横断しながら耳を澄ませると、やはり、悲鳴が切れ切れに耳に届く。

それに、煙い。

火事だ。

都の建物は、とにかく火に弱い。ほとんどの建物が木造なうえ、狭い地域に家が密集しているせいで大火になりやすく、火事には誰もが敏感だ。

「あっ」

ぼうっとしている場合では、なかった。

七条通の奥が、微かに赤く染まっている。

あれは、佐波の小家の方角じゃないか！

何となく嫌な予感に襲われて走りだした佐波は、自宅まであとわずかの地点で足を止めた。

燃えている……。

佐波の家があった一帯は、今や、激しい炎に包まれていた。

「佐波！　いたのかい！」

煤《すす》だらけになった、三軒隣の家の老婆が佐波を見つけて駆け寄ってきた。

「探してもいないからね、みんな心配していたんだよ」

早口で捲《まく》し立てられ、佐波は呆然と彼女を見やる。

「何で、これ……！」

「何でも化生が出たって話でね」

「化生⁉」

「そうなのさ。通りかかったどこかの貴族が牛飼童に命じて、松明《たいまつ》で追い払おうとしたらしくてね……それを投げたもんだから、燃え移っちまったんだよ！」

「えー……」

信じられない……。

佐波は掠《かす》れた声で呻《うめ》き、その場にへたへたと座り込んだ。

❁・❁・❁

「それで？　そなたはなにゆえにここに？」

火事の衝撃も冷めやらぬ翌朝。

鶏《にわとり》の声を聞きながら時行のもとを訪れると、彼は至極不機嫌そうな口ぶりで佐波を迎え入れた。

相変わらず美しい面差しには、表情の変化がない。

「黙していては、わからぬ」

きちんと姿勢を正し、佐波は顔の前で両手を合わせた。

「家が燃えました！　暫く泊めてください！」

「燃えた？　いつ？」

　時行は細い眉を顰める。

「昨日の夜」

「そなたの失火か？」

　酷い誤解だと、佐波は「そんなに間抜けじゃないよ」と唇を尖らせた。

「化け物が出たって騒いでたから、それを見に行ったんだけど、帰ってきたら燃えてたんです。化け物に襲われて慌てた誰かが、松明を落としたらしくて」

「まるで要領を得ないが……ん、化け物と申したな？」

　急に時行が話に食いついてきたので、佐波はすかさず大きく頷いた。

「そう！　昨日の『山海経』だっけ？　あれに関係ありそうだから、調べに行ってみたんです」

「荒事はやめよと忠告したはずだが」

「でも、この時期に化け物が出たなら、俺のせいかもしれないじゃないか！」

　佐波は声を張り上げた。

「どんな化生だった？」

「見たわけじゃないけど、兇暴《きょうぼう》みたい……従者はしゃべる牛だって……」

　うっかり触れてしまった生首を思い出し、佐波はぶるっと震えた。

「しゃべる牛か……恐ろしかったか」

佐波は無言で首肯した。

いろいろ考えてきたはずなのに、なぜだか喉が詰まったようで声が出ない。

自分の中に残っていた恐怖が、舌を凍えさせているのかもしれない。

俯いている佐波に対し、時行がすっと一枚の紙を差し出した。

「我々がまじないに使う霊符ではなく、いわゆる護符だ。持っていろ。気持ちが落ち着く」

「………」

言われたとおりにその紙を持っていると、少しずつ鼓動がもとに戻るようだ。近づいてきた松葉があたたかな湯をくれたので、佐波はそれを飲んだ。

「うむ、顔色がよくなったな」

「ありがとう」

意外ないたわりが嬉しくて、佐波はにっこりと笑う。時行はわずかに視線を逸《そ》らし、厳しい顔で口を開いた。

「これに懲りたら、もう二度と見物などせぬことだ」

「だって……放っておけないよ」

自分の考えを整理しながら、佐波は勇気を出して続けた。

「そなたは私のように術を使えるわけでも、知道のように武に優れているわけでもない」

「……けど！」

小さくかぶりを振った佐波は、自分の両手をぐっと握り締めた。

夜が明けたら頭が冷えて、多少は諦めがつくのではないのかと考えていた。

笑い飛ばせるのではないかと予想していた。

なくしたのは家だけだ。思い出になる品とか、そういうものは端《はな》から何もなかった。

けれども――だめだ。

「知道様に言わせると、俺の家は狭いしぼろいしで、みっともないかもしれないけど……

でも、愛着はやっぱりあるんです」

「…………」

「親父が、俺に残してくれたものだから……」

そのうえ、あそこにはほんのわずかでも、父との記憶が残っていた。

「あの化け物が、誰かから何かを奪って、ほかの人にも俺と同じ思いをさせるなら、絶対許さない。何よりも、そのきっかけを作った自分を許せなくなる。だから、何があっても捕まえてやる」

気持ちを言葉に変えると、まるで水が溢れるように強い決意が迸《ほとばし》ってくる。

「水を差すようだが、あれはそなたのせいだけではないだろう」

「どうしてわかるの？」

「ただの勘だ。そなたは最初に触れただけで……何らかの術がかかっていたのか、彼《か》の経典はきわめて危うかったようだ。あれでは、いつかどこかで、同じことが起こっていただろう」

「ふうん……」

陰陽師としての勘がそう言わせるのであれば、それが正しいのかもしれない。

自分はきっかけの一つでしかなく、ほかの人がそうだったかもしれないのだ。

「──そなたを泊めるのはかまわぬが、知道が妙な気を回しそうだ。ここに女性《にょしょう》を招いたためしはないからな」

「！」

悪戯っぽい口ぶりに、佐波はがばっと顔を上げた。

「やっぱり、知っていたんじゃないですか！」

「何が」

「俺が女だってこと‼」

佐波は思わず声を荒らげてしまう。

「そなた、見るからに女性ではないか」

どこか楽しげに時行に眺められ、佐波は真っ赤になる。

月のない空のように、昏《くら》い色味の目で正面から見つめられているのだ。彼は臆さずに人を真っ向から見る。ゆえに、佐波が隠しているものさえ見抜いてしまうのだろうか。

「知道様は気づいてないですけど」

「あれは朴念仁だからな。それで、そなたが女であるのと、今回の騒動に何か関係があるのか？」

「え？　んん？　いや、ええと……たぶん……ないです」

理詰めで問われると、確かに二つはまったく関係がなかった。

「危ない真似はさせられぬが、それを除けば、女であろうと男であろうと大した問題ではあるまい。だとしたら、あえて口にする必要はなかろう」

いや、そうなんだけど……。

「何だ、その顔は。知道に教えたかったのか？」

「そうじゃなくて、知られたのが初めてで……どうすればいいのか。隠せっていうのは親父の言いつけで」

ごにょごにょと言い淀んでしまう佐波を見下ろし、彼はふんと鼻を鳴らした。

「子供が一人で生き抜くのは難しかろうが、そなたの父の選択には疑問があるな」

「選択？」

「なにゆえに、性別を偽らせたのか」

どきりとした。

佐波もこのところ、それには疑問を抱いていたからだ。

「そうだけど……危ないからじゃないの？」

「わざわざ男として育てる必要はなかったのでは？　つてさえあれば、女性はどこぞの貴族の下働きにでも潜り込める。それはそれで安全であろう」

「そっか……」

そこまで考えが及ばなかったが、そのとおりだ。大犬丸にでも頼んでくれれば、それなりの屋敷で働けたかもしれない。

「推測でしかないが、そなたが女であるのを隠すのに大きな意味があったのではないか。そもそも、独鈷といい、やけに思わせぶりだ。もしかしたら、そなたの親を探す手がかりになるかもしれぬ」

「そんな都合のいい話、あるとは思えないけどなあ」

「そなた、私の言い分をちっとも信用せぬのだな」

「うっ！」

ついぼやいた拍子に鋭く咎《とが》められ、佐波は思わず自分の胸のあたりを押さえる。

「図星か」

「しししてますよ、信用！」

見透かされたような気がして、佐波は膝でわずかに後退った。

「その程度の覚悟なのに、どうしてここに泊まりたがる？　そなたを手籠《てご》めにするかもしれぬぞ」

「そっちの相手なら、少しでも綺麗な人のほうがいいでしょ？　時行様は綺麗だし、自分よりも美しい人じゃないと興味を持たないんじゃないかなって」

「そなたも可愛らしい顔立ちだが」

「！」

　その切り返しは思いつかなかった。焦った拍子に変なところに唾を飲み込み、ごほごほとむせてしまう。

「だ、だって、松葉を見てると、時行様はおしとやかな人が好きなんだなって思うし」

「ふむ。だが、それは違う」

　どんな意味だろうと、佐波は首を捻《ひね》る。

「私は面白いものが好きなのだ。相手の顔貌《かおかたち》は二の次だ」

「えーっ⁉　綺麗な人って、そういう考え方なの？」

　佐波の反応におかしげに唇を綻ばせて、時行は喉を震わせて笑った。

「それこそ人によるだろうな。しかし、私のほかに頼れる相手はいないのか？」

「大犬丸がいるけど、あそこ、男の子が二人いるし」

「じゃれ合って遊ぶわけにもいかぬ、か。なるほど、事情は解した。こちらも忙しくなりそうだし、特に相手をせずともよいなら、この屋敷は好きに使え」

「いいの？」

「術も使えぬし、知道が連れてきたのであれば、悪人ではなかろう。だから私も、端《はな》から己の名を教えたのだ」

　確かに、最初から時行はきちんと名乗っていた。

　それだけ知道を信頼しているってことか。

「助かるよ。けど、忙しくなるって誰か呪うの？」

　佐波が首を傾げると、時行は短く息をついた。

「先ほど、陰陽寮から遣いが来た。六条《ろくじょう》に化生が現れたから何とかせよと」

「もしかして、昨日の牛？」

「あり得ない話でもない。そのうえ、私とて、責任は感じるからな。ひととおりは調べておかねばならぬ」

「じゃあ、出かけるの？」

「知道を呼びつける」

「それなら、俺に雑用を頼んでよ」

「は？」

　時行は意外そうな面持ちで顔を上げた。

「ここに置いてもらえるなら、あんたの使いっ走りもする。宿代の分は働くよ。あんまり外に出たくないんでしょ？」

「ふむ、ちょうど生身《いきみ》の使い走りが欲しかったところだ」

あっさり行き先が決まり、佐波は安堵する。

「ありがとう！」

佐波はぱっと表情を輝かせて時行の手を取るが、彼は穏やかにそれを振り解《ほど》いた。

「ずいぶんぞんざいな態度ではないか？」

「だって、俺と知道様は商売人と客の関係でしょ。時行様とは何の利害関係もないし」

「私は家主だ」

「うう……そう……そうか……わかりました。時行様、よろしくお願いいたします」

佐波は深々と頭を下げるが、時行はそれはそれで何か言いたいらしく、佐波をじっと見つめる。

「——それも居心地が悪いな。適当でよい」

「あ、いいの？」

「うむ」

時行は顔をしかめつつ、同意を示した。

「私は貴族とはいえ、殿上《てんじょう》を許されぬ地下《じげ》の身分。別段、大した地位でもないからな。

かしこまられると調子が狂う」

「よかったあ……あんまり堅苦しくしゃべってると、口が疲れるんだ」

時行が陰陽師として有能だとしても、実力と官位は別で、それが身分の上下に直接繋がるわけではないらしい。

ちなみに殿上というのは、大内裏の清涼殿《せいりようでん》にある『殿上の間』のことだ。五位以上と蔵人《くろうど》は殿上の間に上がれる殿上人《てんじようびと》と言われるが、六位から下はここに上がれず地下と呼ばれる。そもそも、時行の父は左大臣だと聞くのに、地下なのはどうしてだろう。噂は噂で、根も葉もないのか。

だが、もし噂が事実ならば、父親とかかわりなく生きているということか？

それは強さなのか、淋しい話なのか。

佐波には判断できなかった。

「時行は、どうして陰陽寮にあまり行きたくないの？　ほかの陰陽師と一緒に研究をしたほうが、はかどるんじゃない？」

「連中は悪いやつらではないが、こちらが教わるよりも遥《はる》かに多くの物事を教えねばならぬ。私の人生とて、そう長くはない。ならば、彼らと交わるのも無駄であろう？」

「ふうん……」

誰かと切磋琢磨《せつさたくま》したほうがよさそうだけれど、時行の能力は飛び抜けている――という意味か。

その術のすごさがわからないので、佐波は生返事をするほかなかった。

「ともあれ、一人では荷が重かろう。手伝いをつけてやる」

「一人でいいよ」

「遠慮するな」

時行はすらりと立ち上がって佐波に近づくと手を伸ばしたので、緊張からひやっと首を竦《すく》めてしまう。

「！」

「何もせぬ」

彼が取り上げたのは、青みがかった羽毛だった。一昨日《おととい》、鳥の巣を除くときに頭についていたもののようだ。

「少しは身なりに気を遣ってはどうだ？　せっかく見た目はよいのに」

「そんなの、俺は……」

胸がちくちくして、佐波は口籠もる。

自分らしさを失うのは御免だけれど、だからといってほかの生き方に興味がないのかと聞かれれば、それは正確ではなかった。

体験したことがないから、どちらが自分にとって合うのかがわからない。

そういう答えが、一番しっくりくるのかもしれない。

「すまぬ、よけいなことを言ったな」

「……謝るんだ？」

「謝らないほうがよかったのか？」

「そうじゃないけど……」

知道の語る時行像とはだいぶ違っていて、反応に困ってしまう。

扇をぱちりと閉じた時行は文机の前に座すると、筆を取る。そして、紙にさらさらと何かを書きつけた。次に彼は紙を丁寧に折り、突然、何ごとかを唱えながら中空に放り投げる。

落ちかけた紙が、ぱっと青い塊に変わった。

「ちちっ」

小鳥だ。

「わわっ⁉」

突如出現した青い小鳥はぴいぴいとさえずりながら、狭い室内を飛び回る。

小鳥は室内を二、三周旋回し、それから時行の肩にちょこんと止まった。

青々としたつやつやの羽といい、きらきら光る目といい、間違いない。鳥そのものだ。

「可愛い！」

思わず口許が緩んでしまう。

「これは式神だ。鴉《からす》か何かにしてもよかったが、こうして生き物の一部を借りたほうが、より頑丈な式神ができる」

「へえ……」

佐波は感心して相槌を打つ。

「何か変わったものを見つけたら、これに伝えよ。さすれば、私のところにも届く」

「わかりました」

「だから、悪口など言わぬことだな」

「はーい」

本当は少し、時行のことを疑っていた。陰陽師の力なんて知らなかったから、眉唾だって思っていた。けれども、彼が謎めいた技で小鳥を出したのは本当で、佐波は妙に納得してしまう。

とりあえず、出かけるとしよう。

立ち上がった佐波がふと、先ほど渡された護符を見てみると、それは何も書かれていない白い紙だった。

からかわれた……とか?

知道の評と違って意外と親切だと思ったが、訂正しなくてはならなそうだった。

「そ、それで……父ちゃんが死んじゃって……」

ぐずっと啜《すす》り上げる少女に、それ以上かける言葉も思い当たらず佐波は俯いた。

まずは化生の被害に遭った人物に話を聞こうと思い立ったが、まだなまなましいできごとだけに傷を抉《えぐ》るのはこちらの心も痛んだ。

おまけに、彼らは化生に食い殺されたのだ。

時行のもとで調査を手伝うようになって、四日目。

先だっての火事の日、牛の化生による犠牲者は三人だった。

そして昨晩、また犠牲者が増えたのだ。

「つらいのに、話してくれてありがとう」

家族を亡くす淋しさ、悲しさは佐波だってよく知っている。それも突然であれば、心の準備もできない。悲しみはあとからじわじわと増してくるのだ。

「検非違使にも同じ話をしたんだよね？　きっと捕まえてくれるよ」

「そう、かなあ……」

彼女は役人をあまり信用していないらしく、小さくため息をついた。

「お貴族様ならいいだろうけど、うちの父ちゃんはただの牛飼童だもん……検非違使は本気なんて出さないよ……」

悲しげに呟かれると佐波とてどうしようもなく、もごもごと口籠もるばかりだ。

知道が頼れるかどうかはいまひとつ不明だし、佐波だって自信がない。

「ともかく、伝えておくからね」

「うん……」

少女とそこで別れると、佐波は当てもなく歩きだす。

都はここ二日ほどは雨で、道もまだぬかるんでいる。

幸い化生の出現はなかったようだが、もう消え失せてしまったのだろうか——そう考えて気を緩めかけた矢先、雨間を縫うように、再びそれは現れたのだ。

時行ならば化生の正体に見当がついているのではないかと尋ねてみたが、彼は言葉を濁すばかりだ。

正体がわからなければ、対策ができない。つまりは手をこまねいていなくてはいけない。

「おお、佐波ではないか」

野太い声で呼びかけられ、佐波は足を止める。

振り返ると、馬上には知道がいた。

「知道様！」

「近頃、時行のところで世話になっているそうだな」

騎馬で近づいた知道は、馬上から佐波に話しかけてきた。ぶる、と馬が鼻を鳴らしたが、おとなしくていい子だ。

「え、よくご存知ですね」

「知りたくもないのに、式神から聞かされた。邪推するなと言われたが、いったい何を邪推するというのか……」

ぶつぶつと呟く知道に、佐波は少しおかしくなる。

知道は佐波の身の上を知らないし、時行も言うつもりはない。それでいて、その朴念仁ぶりをからかっているのだ。

今の言い様のない気持ちが、多少は紛れたような気がした。

「知道様は何をなさってるんですか？」

「近頃の化生騒ぎが、帝のお耳に入ってしまったからな。早急に解決せよとのお言葉で、部下を駆り出して務めに励んでいるのだ」

「大変なんですね……」

素直に同情を示すと、知道も顔をしかめた。

「まあ、これもお役目だ。おまえはどうだ？　何かいい話はないか？」

「どんな化生かもわからないから、とりあえず手がかりを集めてます」

「それしかない、か」

知道は憂鬱そうな顔つきになった。

「ともあれ、化生とやらを見たという噂も集まってきている。夜にでも時行のところへゆくと伝えておいてくれ」

「はい！」

それが糸口になるよう祈りつつ、佐波はそこで知道と別れた。


知道が情報を集めているのであれば、佐波とて負けてはいられない。

事件の解決に、少しでも役に立ちたかった。

そもそも、検非違使の知道と比べると、佐波は圧倒的に不利だ。力任せに誰かに口を開かせることも、強権を使うことだってできない。だから、せめてやわらかく話を持っていくのが、自分に採れる最良の方法だと思っている。

商売をする気持ちにもなれないが、人がたくさんいれば何か話が聞けるかもしれないので、葛葉小路に向かう。

「……あれ？」

気のせいだろうか。

いつもならば昼間は一番人が行き交うのに、今日はやけに人気がない。

おまけに、暇潰しに世間話に加わる商人たちの言葉もひどく暗かった。

検非違使の手入れがあったならわかるが、そういう慌てた様子の名残《なごり》はなかった。

だったら、何だろう？

「まいったなあ……」

「このまんまじゃ商売上がったりだよ」

青物を商っている男が雑貨を扱っている者と二人、暗澹《あんたん》たる顔つきでため息をつき合っている。ちょうどよかったから、彼らに聞いてみよう。

「ねえねえ」

佐波が声をかけると「おお」と中年の男が笑った。

「佐波、商いをやめたんじゃなかったのか」

「やめないよ。大事な商売だもん」

「じゃあ、何だって休んでるんだい？」

「ちょっと、知り合いに別の仕事を頼まれちゃって」

適当に言葉をぼやかしたが、彼らは深く追究する気はないようだった。

「そうか、なら、当分はそのほうがいいかもしれねえなあ。近頃、このあたりじゃ化けもんが出るって話で、すっかり人出が減っちまった」

「えっ」

葛葉小路は最初に化生が出現した地点に近いせいで、人がめっきり近寄らなくなったそうだ。おまけに、死体の一部はあやかしに食われていたとか。

「ま、佐波の売り物は傷んだりしないし、ほかの仕事をするのもいいさ」

「うん、まあ……そうなんだけど」

だけどやっぱり、葛葉小路での商いは楽しい。誰かと話をしたり、新しい人と知り合ったり、友達が来てくれたり、小さな出会いが佐波には愛おしいのだ。

そこでぴいっという鳴き声が聞こえてきた。視線を上げると、あの小鳥が築地塀の上に止まっている。

「みそ」と名づけたのだが、黒い目でじっと凝視されると、あたかも心の奥底まで見透かされているような気分になる。

「はいはい、頑張りますって」

自分の店のある屋根の下に腰を下ろし、佐波は腕組みをした。

ちっとも手がかりがないのは、自分でもつらかった。

何しろ目撃者のほとんどが死んでしまっているうえ、牛の化生という情報だけではどうにもならない。

それでも都の中にいてくれればいいが、もし——もし、都門から外へ出てしまったら？

昔は都の南端に羅城門《らじようもん》という門があったそうだが、倒壊してしまって再建はされていない。そのせいで、都は明確な区域が定まっていなかった。

少しは手がかりを集めようと、帰り道に思い切って北上してみる。あやかしの噂のせいか、五条《ごじよう》のあたりでも出歩いている人はほとんどいなかった。

あの化生には、何か目的はないのだろうか？

たとえば、見知らぬ国に連れてこられてしまったのを怒っていて、自分の国に戻りたくて暴れているとか？　とはいえ、もともとが巻物だしなあ……。

そんなふうにつらつら考えに沈んでいるうちに、いつしか陽が暮れかけていた。

嫌な風だ。妙にあたたかくて、どこかなまぐさい。

おどろおどろしい空気は今にも恐ろしい何かが出現しそうで、佐波はぶるっと身を震わせる。

帰ろう。

気を取り直して歩きだした佐波の前方に、突然、何かが飛び出してきた。

「！」

牛だった。

振り返った牛の顔に、佐波は息を呑む。

人の顔……！

「ふぎゃあ、おぎゃあ」

顔は大人なのに、その声は赤ん坊のもの。

ぞぞっと全身総毛立つようだ。

おぞましい化生の姿に、全身が凍りつく。

「…っ」

動けない。声も出ない。

このままじゃ、殺される。きっと生きながら食われる……！

牛だ。意味のわからぬ凄《すさ》まじい叫び声を上げながら、黒い牛が接近してくる。

「‼」

「うわっ！」

まずい。

佐波は狭い小路で右に避けたが、すぐに築地塀にぶつかった。

だらだらとよだれを垂らしながら牛は雄叫《おたけ》びを上げ、佐波を追い詰めるように、一歩一歩ゆっくりと近づいてくる。

怖い。

武器……何か武器を！

震えながら佐波は自分の腰のあたりを探り、銛を握り締める。

こうなったら、自棄《やけ》だ。目潰しでも何でも、一撃食らわせてやる。

「があああっ」

いきなり、化生がこちらに向けて走りだした。

ひゅんと何かが暗がりから飛び出してきて、一直線に化生に突進する。

と。

「みそ‼」

「うぎゃっ」

化生が小さく叫び、方向を転換して鋭い角で小鳥を突こうと試みた。だが、咄嗟に小鳥が飛び上がり、化生は佐波に向き直る。

自分が死んだら、きっと、みそが殺されてしまう。

もちろん、みそは式神だから命はないかもしれないけど、でも、だからって放ってはおけない。

「ふぐううう……」

化生がかっと大口を開け、佐波の喉笛を嚙《か》み切ろうとする。

やられる……！

「！」

両手を出すように、佐波は鋲を突きつける。

「ほぎゃあ」

化生はそこでぴたりと足を止め、数度地面を蹴る。

と。

ぽつりと冷たいものが落ちてきた。

よだれ……ではない。

雨だ。

ぽつぽつと路面を濡らし始めた雨滴は、乾いた地面に茶色の模様を作っていく。

「おんぎゃあ、おぎゃあああああ、うぎゃああ」

ぶるるっと身体を震わせて、化生はいきなり方向転換して走りだす。

え……？

化生は佐波を残し、いずこともなく走り去った。

❁　・　❁　・　❁

「出たよ！　出た！　出た……わわっ！」

雨でびしょ濡れになった佐波が対屋に走り込むと同時にびたんと廂で転ぶと、時行が顔をしかめた。

「護符を踏むな」

「おい、呪われるぞ」

時行の苦情に付け加えたのは、赤ら顔の知道だった。

彼は既に酒を飲んでおり、床には提子《ひさげ》と杯《さかずき》が置かれている。高坏《たかつき》にはつまみも用意されており、頰が赤い。

こちらは怖い目に遭ったのに、優雅に酒盛りとは。

佐波はむうっとする。

「そうじゃなくて、五条で出たんだよ。化生が！」

「そなたは、どんな化生か見たのか？」

少しばかり時行は興味を示した様子で、佐波に向き直る。

「見た！」

佐波ががくがくと頷くと、躙《にじ》り寄ってきた時行が「なぜ食われなかった？」と尋ねた。

「ええっそこ⁉　食われたらここに戻れないでしょ⁉」

「あ、いや、食われなかったのを咎めているわけではない」

少しばかりやわらかな口ぶりになり、時行はちらりと佐波に視線を向けた。

「先に着替えてくるがいい。風邪を引く」

「あ……うん」

確かに自分はびしょ濡れで、身体の線が露《あらわ》になってしまっている。知道は月を見ながら暢気に酒を飲んでいるが、さすがにこのままではまずいと顔が真っ赤に火照ってきた。

とはいえ、自分の衣はこの直垂だけだ。

引っ込んだはいいものの、どうしようと塗籠《ぬりごめ》で唸っていると、しずしずと松葉が現れて狩衣と単衣《ひとえ》を手渡してきた。

男女両方の衣を運ぶあたり、時行の気遣いが見えるようだ。

女性用の装束を一度手に取ったが、こんなものを着ていっても知道にからかわれそうなので、佐波は狩衣を選んだ。

「……おお、似合うではないか！」

佐波の姿を目にし、身を起こした知道が感服の声を上げる。

「なかなか貴公子らしく見えるぞ。そういう風情の御曹司が宮中にもおるわ」

「はいはい」

既に酔っているらしく、彼の舌はなめらかに動く。

「それで？　そなた、何が理由で食われずに済んだのかと聞いている」

「わかんない……みそに助けられた」

「みそ？」

名の由来は、とても高価で美味しいと噂に聞くみそのことだ。見たこともないが憧れの食べ物に色が似ているらしいので、その名にした。

「時行が作ってくれた式神だよ。みそって食べたことないけど、青いんでしょ？」

「黒っぽい茶……少なくとも青くはないぞ」

「ええっ⁉　知らなかった……」

みその見た目や味については市場の誰かに聞いたが、どうやらからかわれたらしい。

「みそが食べたいのなら、今度振る舞ってやる。それで、どうして助かった？」

「やった！　あ、それで銛をこうやって突き出したら、何とか」

「馬鹿め、さっさと逃げよ。そなたでは話にならぬ」

時行の口ぶりは冷ややかだ。

「そうなんだけど、ちょっとは怯《ひる》んでたよ？　ただ、あっちから逃げたのは……もしかして、雨が降ってきたからかなあ？」

雨という言葉に引っかかったのか、時行はふと真顔になった。

「その牛、もしや、人の顔をしていなかったか？」

「あっそうだ！　どうしてわかるの⁉」

時行の反応に、佐波は目を丸くする。

「一目で化生とわかるのであれば、ただの牛とは明らかに違うはずだ。ほかの牛より大きいだけとか気性が荒いだけであれば、誰も化生とは表現すまい」

「でも、前にしゃべったって教えたよね？　今日も赤子みたいに泣いていたし」

「一人の話では、信用できぬ」

「確かに」

説得力のある推論に、佐波はうんうんと頷いた。

「牛の化生は何種かいるが、雨――すなわち『水』が鍵になり、人を食うのであれば、自《おの》ずと絞られる。それは窫窳《あつゆ》であろう」

「窫窳……？」

まるで人の名前みたいだ。

「何だ、それは」

疑問を抱いたのは知道も同じようで、彼も訝《いぶか》しげな面持ちで尋ねる。

「牛の化け物の一種だ。つまり、このようなものか」

時行は手近な反古《ほご》を引き寄せ、筆を手に取ってさらりと絵を描いてみせる。

牛の身体に、人の顔。

意外と上手い。

「すごいな、似てるよ！」

「げえ……こんなおぞましい化生を追わねばならんのか……」

一方、絵を覗き込んだ知道の顔色は、先ほどまでの微酔に染まった顔が嘘のように、真っ青に変じている。

「『山海経』に取り上げられた牛の化生は、ほかにもいる。それはそれでまた対処が違うので、迷っていたところだ。そなたが見てくれてよかった」

「うん！」

恐ろしい邂逅《かいこう》だったものの、役に立てたのが素直に嬉しくて、佐波は声を弾ませた。

「ともかく、その窫窳というのは何なのだ？」

知道の質問に、時行はよくぞ聞いてくれたという顔になった。

「それにはまず、唐土《もろこし》について知る必要があるな」

「そこから……？」

佐波だけでなく、知道もげんなりした表情だ。

「大陸も我が国も帝がおり、民を支配しているだろう？　しかし、それよりもずっと昔の人々は、もっと違うものに支配されていた」

「違うものって？」

「山や川、海、風や雪、雨。我らの手では、どうにもできないものだ。けれども、土地を開墾したり、畑を耕したりしているうちに、唐土の人々は、もしかしたらそれらを支配できるのではないかと考えるようになった」

「ええ？　いくら何でも無理じゃないのかなあ」

嵐も雨も風も陽の光も、一つだって人間の思いどおりにはならないのに。

「そこが考え方の違いだろうな。そうしたものは克服すべきで、それができた者こそが英雄であり神なのだと考え始めた」

人が神になるのはよくあることで、そのあたりは特に疑問はなかった。それこそ、菅《すが》原道真《わらのみちざね》公だって今では神として祀《まつ》られている。

「そんな英雄の一人が、黄帝《こうてい》だ。黄帝は神の中で一番偉く、ほかの神々を従えている。とはいえ、顔が四つあったと言われるくらいだし、我々から見れば人というより化生のたぐいだろうけどな」

「顔が四つだと？　ただの化け物ではないか」

知道は顔をしかめて、景気づけるようにぐいと杯の酒を飲んだ。

「それくらいでなければ、大地を御することなどできぬのだろう。それに、中央におわす神に顔が四つなのはちょうどよい。東西南北の各方面を同時に見張れて、それぞれを治める神を監視できる。それから、人を作ったのもまた黄帝なのだ」

「すごいんだね」

異形を目の当たりにする恐ろしさを味わったばかりで、佐波とて姿形が恐ろしい相手には本能的な恐れを抱いている。だが、神が恐れるべき対象であるなら、それも間違っていない気はした。

「割と激しやすい気質のほかの神を諌《いさ》めるのも、黄帝のつとめだ」

「さっきの窫窳《あつゆ》も怒りっぽいってこと？」

「いや、あれで窫窳は被害を受けたほうだ。窫窳はもともとは唐の国の古い神で、蛇の身体に人の顔を持っていた。しかし、ほかの神によって殺されてしまい、黄帝によって崑崙《こんろん》山《さん》に連れていかれた」

「酷い話だな」

知道はむっとした様子で、太い眉を顰めた。

「もちろん、それを知った黄帝は悪党を放っておかなかった。悪党を捕まえて罰したうえで、黄帝は窫窳を崑崙山で生き返らせると、不死の薬を使って治療させた」

「なら、よかった」

「けれども、目覚めた窫窳は完全に心を失っていた。窫窳は逃げ出して、水に飛び込むと化生に変化してしまったんだ。人を喰《く》らうようになった窫窳は、結局は弓の名手によって退治されたそうだ」

「弓？」

「そう、弓といえばそなたが得意であったな」

「うげえっ」

そこで絞め殺された鶏のような声を出した知道は、慌てて口許を押さえる。

対して時行は薄い笑みを浮かべたので、どうやら彼は知道に何かさせるつもりのようだと佐波はぴんときた。それは知道も同じだったようで、蒼白になってぷるぷると首を小刻みに横に振る。

「い、いや、化生を射るほどの技量はないぞ」

「やってみなければわかるまい。これを見よ」

時行は佐波の前に一枚の紙を置いた。

「これ、都？」

「うむ、よく気づいたな」

そこには、都のざっくりとした地図が描かれている。

×印が書かれているのが、検非違使が調べた殺人が起きた場所、あるいは化生が目撃された場所なのだとか。

傍らに記された数字は日付のようだ。

「窫窳《あつゆ》が現れたのは、ここと、ここと……それからこっちか。割と足は遅いみたいだね」

「……やはり、水場を避けているな」

地図に目を落としたまま、時行は何かを考えている。

「え？」

「右京が荒れたままなのは、邪魔な川や沼地が広くて手を着けられないせいだ。たとえば我が家は木辻《きつじ》大路に近いが、ここから北に向かえば侍従池《じじゅういけ》がある。そして、こちらより東はかつての安倍晴明《あべのせいめい》の邸宅。そちらは隣が池にあたる」

時行は紙に侍従池だけでなく、鴨川や神泉苑《しんせんえん》も書き加えていく。

「水場を厭《いと》う窫窳もまた、池や沼に阻まれつつのろのろ動いている。最初に現れたのは左京だが、近くには湧水《ゆうすい》で知られた七条水閣《すいかく》がある。それが嫌で、右京に逃げたようだな。そこから北上し、今は西大宮《にしおおみや》大路のあたりにいるのだろう」

「五条と言ったな。このあたりか」

知道が近づいてきて地図を指で示す。まだ乾いていないので人差し指に墨がついたが、彼は気にも留めぬ様子だった。

「うん」

「西大宮大路で、ここから左に進めば池と沼地だ。かといって、右は神泉苑。あそこも大きな池があるから、避けるには北か南しかない。しかし、窫窳はなぜか南ではなく北を目指しているようだな……」

「そうだ。このまま放っておけば、窫窳は大内裏へ——下手をすれば内裏に突っ込む。やつに何かを考える知恵はないはずだが、あそこには大きな水場はないことくらいは感じ取れるのだろう」

知道の発言を受け、時行は涼しい顔で恐ろしいことを言ってのけた。

「何だと⁉」

「それって、まずいよね⁉」

知道と佐波の声が重なる。

大内裏の中には帝のお住まいの内裏がある。そんなところに化け物が入り込み、帝や皇子たちに何かあったら一大事だ。目的がないとはいえ、たちが悪すぎる。

「ほかの邸宅や役所ならかまわぬが、内裏だけはとてつもなくまずい」

「どうにかしないと！」

佐波は慌てて地図を見つめ、知道はうろうろとあたりを歩き回り始めた。

「そなたたちなら、どうする？」

「水が苦手なのだろう？　ならば部下を使って、水場に追いやる」

「部下の一人や二人、犠牲にしてかまわぬのなら止めぬが」

「式神をたくさん集めて、桶を持たせるのは？」

黙り込んだ知道に代わって、これは佐波の意見だ。

「式神を操るのはよいが、人を模した以上は人よりも優れているわけではない。そのうえ性能はともかく頭数がいるなら、それなりに準備が必要だ。この牛の足取りでも、早ければ明日には大内裏へ入ってしまうだろう」

「ええ……」

だとしたら、手段なんてほとんどないではないか。

「じゃあ、指を咥《くわ》えて見てなくちゃいけないの？」

「さすがにそれはまずかろう。それに、水を引いてくるというのは悪くない。そなたたち、なかなか目のつけどころがよいな」

時行はふっと笑った。

「あ、それはどうも……」

「そうであろう」

褒められるとは思わず、佐波は知道と顔を見合わせてついつい口許を緩めた。

「さて、それでは支度にかかろう。すぐに動くぞ」

「部下は必要か？」

「足手まといだし、死なせてはならぬと言ったろう。我々三人だ」

時行は澄まし顔で宣言した。

「だって佐波は……」

「力には期待してはおらぬ。だが、囮《おとり》くらいにはなるだろう」

あっさりとした返答に、佐波は一抹の不安を覚えた。

いや、ここで時行に女子扱いされても困るが、かといって自分が彼らを助けられるのだろうか？

迷惑をかけなければいいけれど……。

当然だがこれまで化け物と対峙《たいじ》した経験は皆無で、佐波の緊張は当然だった。

五

夜更け。

今宵も空気はなまあたたかく、それどころか、少しなまぐさい気もしている。

月は雲間にちらちらと見え隠れし、その不安定な光がよけいに佐波の不安を煽《あお》った。

「……時行様」

佐波が直垂ではなく、時行に借りたお古の狩衣なのは、さすがに貴族のお供としてはみすぼらしすぎるからという理由だった。

「静かに」

徒歩の時行は短く叱咤《しった》する。

時行は儀式用の純白の浄衣《じょうえ》を身につけており、時折顔を見せる月の光を受けて、まるで輝いているみたいだった。

「あれで平気なの？」

佐波が尋ねたのは、検非違使の衣装を着込み、馬上でぶるぶると震える知道のことだった。

「何とかなるであろう」

「……じゃないと困るか」

そうでなくとも、窫窳《あつゆ》退治の一行は徒歩の時行と佐波。馬に乗った知道の三人だ。馬副《うまぞえ》はなく、まさに三人だけ。

ちなみに知道だけが馬なのは、何かが起きたときに一度逃げて態勢を立て直せるようにという判断だ。

いかにも非力な陰陽師と、ものすごく臆病な検非違使と、自分。

しかも自分は少女で、時行みたいな謎の力も腕力もない。

見るからに負け戦感が漂っているのだが、そこはいいのだろうか……。

「だけど、俺じゃ力仕事は役に立たないって思ってるんだろ?」

「それはそうであろう」

「なら、三人って命がけなんじゃない?」

「仕方あるまい」

これで化生を退治するのは、いささか心許ない。

大内裏に向かう途中で合流した知道は顔面蒼白だし、今も馬の手綱を摑む手が小刻みに振動し続けている。

――知道様なら大丈夫って時行は言ってたけど……本当に頼りになるんだろうか……。

知道の弓の腕を実際には知らぬ佐波が不安を覚えるのも、当然だろう。

「大内裏の危機だったら、もっと誰かに頼ればいいのに」

「それはできぬ。そんな真似をすれば、各方面に借りを作ってしまう」

「でも」

「そのうえ、あの絵巻を輸入したそなたはもちろん、知道も咎を負う。そして大元の私もだ。下手をしたら大犬丸や、積み荷を運んできた一真とやらも」

「あ……」

そうか。

要するに、全員が一蓮托生《いちれんたくしょう》になるのだ。

つくづく、大それたことに荷担してしまったのだと実感する。

よもやこんな大事になるなんて、一真は知っていたのだろうか？

「案ずるな。検非違使からは無理だが、相手が化生であれば私が守ってやる」

「え」

どきっとして、佐波は時行を凝視した。

「たかだか二人、守れぬほど非力ではない。しかし、攻めと守りは両立せぬ。こちらが力尽きる前に、荒事はそなたたちで終わらせてもらわねばならぬ」

至極真っ当な言葉に、勇気づけられるような気分だった。

「つまり、時行様も俺たちを信じてるって意味だよね？」

「この期に及んで、いったい何を」

時行は眉を寄せ、その朱唇から呆れたような細い息を吐いた。

「信用できぬ輩に、自分の代わりに町を探索させると思うか？　式神を飛ばしたほうがよほどよい」

「でも、俺は……特に何もしてないのに」

「そなたの心根を買ったのだ。それを言うなら、そなたとて私を信じたではないか」

「この目で化け物を見たら、信じないわけにいかないよ」

ふん、と彼が鼻先で笑うのがわかった。

けれども、それは皮肉でも何でもないようで。

「いずれにせよ、そなたたちが調べているあいだに、こちらも策を練れた。礼を言おう」

出会って間もない誰かが、自分を信頼している。それは悪くない気分だ。いいや、それどころかひどく誇らしい。

そして自分も、無条件に誰かを信頼できるのだ。それがわかったのだから。

佐波の不手際のせいで既に三人も死人が出ている以上は、とにかく今は自分の仕事を全力で全《まっと》うするだけだ。

「知道もだ。聞いていたのであろう?」

「………………」

「我々が生きて帰れるかは、そなたの腕にかかっている。よいな?」

「わかっている」

掠れ声で知道が答え、弓の弦《つる》をわずかに弾《はじ》いた。

「佐波」

「はい!」

「死ぬなよ」

時行が常になく、真剣な顔で佐波を見下ろした。

「わかってますって!」

「死ねば、そなたが何ものであるのか知ることもできなくなる」

どきりとした。

自分が何ものであるのかはともかく、どう生きるのかはまだ決まっていない。

その不安定さを指摘されたようで。

「こんなところで、窫窳《あつゆ》如《ごと》きに殺されるのは業腹だろう。わかったな?」

「窫窳如きって、もともとは神様じゃないですか」

「あれほどの殺戮《さつりく》を犯せば、神とは呼べぬ。あれは最早、ただの野蛮な化生。窫窳にはこちらに戻ってもらわねば困る」

そう言う時行の手許には、あの『山海経』の巻物があった。

「さて、まず清めからだ」

呟いた時行は、何ごとかを唱えながら両足を揃えて正立する。それから右足を前、左足が後ろの体勢を取る。ついで左足を右足の前に、更に右足を出して再び両足を揃える。一連の動きを禹歩《うほ》といい、呪術的な清めに行うそうだ。

時行は今度は右足から踏み出して禹歩を行い、合計三歩進む。

これは三歩九 跡法《さんぽきゅうせきほう》というので絶対に邪魔をするな、とあらかじめ言い含められていた。

ぴいっ。

唐突に甲高い小鳥の鳴き声が聞こえ、佐波ははっと全身を強張《こわば》らせる。

みそだ。

「式神が化生を見つけたようだな」

清めを終えた時行が、低い声で告げる。

「うむ、あそこか……」

薄い月明かりに照らし出され、小鳥が上空を旋回していた。

四条《しじょう》の朱雀院《すざくいん》の裏手は耕地で、畑に植えられた作物が風もないのにがさがさと揺れている。

時行は浄衣の裾を整えると、右手ですっと印を結ぶ。

「行け」

「うん！」

飛び出した佐波の言葉に呼応し、音を立てて茂みが動く。

全力で走りだした佐波は、茂みに向かって時行から託されていた霊符を投げる。

ざあっ。

霊符がふわりと宙に浮いたと認識した次の瞬間に、そこだけ雨が降りだした。

「わわっ」

豪雨はまさに局所的な降りで、茂みの上だけで、佐波がいる場所は何ともない。

霊符の効果で一時的に大雨が降るとは聞かされていたものの、実際にそれを目の当たりにすると驚いてしまう。

やっぱり、時行はすごい陰陽師なんだ……。

感心しかけた刹那《せつな》。

「ふぎゃああっ」

例の如く赤ん坊のように泣きながら、窫窳《あつゆ》が出てきた。

「！」

おぎゃあ、おぎゃあ。

怖い。

見た目は牛っぽいのに、その顔は完全に人間の男だった。

人面の牛の口からは、赤子のような不気味な声が迸る。

と、窫窳《あつゆ》がこちらに顔を向ける。佐波に気づいたのだ。

「！」

「戻れ、佐波！」

時行の叫びが耳に届き、佐波はじりじりと後退をする。

可能ならば全力疾走といきたかったが、そうすれば、おそらく、相手もまた走るだろう。

だが、それでは作戦は失敗してしまう。

どうしても、知道の矢を正確に当てなくてはいけないのだ。

となると、窫窳が急に動くのはまずい。

一歩、二歩、三歩……。

後退する佐波と間合いを保ったまま、窫窳がずしずしと近づいてくる。

窫窳とて、何かを感じているのだ。

ぴんと緊張が糸のように張り詰める。

「知道！」

風切り音とともに、何かがひゅんと頭上から飛んでくる。

どすっ。

窶窳の足許に、白い矢羽根の矢が刺さった。

「えっ⁉」

外すなんて、聞いてないんだけど……ここは知道の圧倒的な技量で、窶窳の心の臓を射《い》貫《ぬ》くのではなかったのか。

「ちょっと、とも……」

「黙っていよ」

水に波紋が落ちるように、静謐《せいひつ》を帯びた声音で時行が遮った。

「でも！」

一本、二本、三本——。

驚いたことに知道の放った矢はいずれも窶窳にまったく当たらず、掠りもしないで地面に突き刺さる。

それでいいのか？

——いや。

「さすが知道」

あたかも佐波の心を読んだかのように、時行は微笑む。

いや、独り言なのかもしれない。

「あれぞ我が結界。異国《とつくに》の異形よ、永久《とこしえ》に閉ざされよ」

毅然《きぜん》と胸を張り、時行の手がすっと動く。

……あ、そうか。

時行の指の動きで、漸く合点がいった。

五本の矢は、五芒星《ごぼうせい》の頂点を描いていたのだ。

「――ッ」

矢の作り出した結界の外には出られぬのか、その場でたたらを踏んだ窫窳《あつゆ》が大声を出して苦しみ始めた。

「ふぎゃあ、あああ、あああっ」

赤子が泣いている。

それはまるで、他者に殺されて異形の者として甦《よみがえ》らざるを得なかった神の、悲痛な叫びのように思えて。

聞いているこちらでさえも、とても苦しい。

早く楽にしてあげてほしい。

この世ならざる声を上げてのたうち回る窫窳に向け、時行が口を開いた。

「謹《つつし》んで皇天上帝《こうてんじょうてい》、三極大君《さんきょくたいくん》、日月星辰《じつげつせいしん》、八方諸神、司命司籍《しめいしせき》、左東王父《さとうおうふ》、右西王母《うせいおうぼ》、五方五帝、四時《しいじ》四気を勧請《かんじょう》す――」

時行の朗々たる声音が、静かに、それでいて迫力を持ってあたりに響く。

「おぎゃあ…うぎゃあああああ……」

怪物の悲鳴で、びりびりと空気が震える。

総毛立つような感覚に包まれ、立っているのさえつらい。

胸が詰まる。息ができない。

心臓が締めつけられるように痛くなるが、何としても耐えるほかない。

これが、時行の力。

この男は本物なのだ。

知道は蒼い顔で、凜然と唇を結んで窫窳に向かって矢をつがえている。

――よいか、知道。窫窳には武器は効かぬ。

――なぜだ？

――どれほどの蛮行を繰り広げようと、未だに神だからだ。できるのは封じることのみ。万が一に備えて水の霊符を渡すから、どうにもならなくなったときは、最後にそれを放て。

――そうすると、どうなるのだ？

――雨が降り、窫窳は退却する。一時しのぎではあるが、態勢を立て直すには十分であろう。

――それではまた人死にが出るのだろう？

先ほどの時行があらかじめここを清めておいたのは、相手がかつては偉大な『神』だったからだ。神を封じるには、それなりの手立てが必要なのだ。

頑張らなくては。

ここで佐波が死んだら、本当の自分が何だったのかわからないまま死ぬ羽目になる。

いや、そんなことじゃなくて。

「あ、あ、あ……ああ……」

声が。

まだ続いているが、それはいつしか切れ切れになり、どこか消え入りそうだ。

一方、時行の呪文は最後に近づいていた。

「急々如律令《きゅうきゅうにょりつりょう》!」

次の瞬間、窫窳《あつゆ》は結界を蹴破り、時行に向かって突っ込んできた。

「危ない!」

咄嗟に佐波は時行の前に立ち塞がる。

食われる。

恐怖から心臓がばくばくと脈打って、耳鳴りが酷い。

時行の声も、何も聞こえない。

理解できていたが、ここを動けば時行は死ぬ。時行が死ねば、窫窳はたくさんの人を殺し続ける。

これ以上、罪のない人たちが苦しむのは嫌だ。

そんなのはだめなんだから!

だから、絶対にどかない。

目の前で窫窳が飛び跳ねる。

「ッ」

刹那。

跳躍した窫窳が、突然光を放ち始める。

覚えのある、あの白い光。

その光が、時行に向かっていく。

危ない。

そう思ったが、予想に反して、光はどんどん小さく萎《しぼ》んでいくようだ。

もしかしたら、弱まっているのだろうか。

息もできずに見守っている佐波の前で、こぶしほどになった目映い光は、時行の持つ巻物にすうっと吸い込まれていったのだ。

「え……?」

「――よし」

いつしか窫窳《あつゆ》の鳴き声は掻き消え、あたりは静寂に包まれていた。

周囲を見回しても、特に人影も見えねば牛もいない。

はあっと詰めていた息を吐き出し、佐波はおそるおそる振り返った。

時行も知道も、何ともない様子だ。

時行はちょうど巻物をくるくると巻き終えたらしく、最後に紐で縛って仕上げとしていた。

「ど、ど、ど、どうだ、時行」

今になって怖いという気持ちがこみ上げてきたのか、知道はひどく声を震わせている。

「終わったぞ」

それを聞いた知道はへたへたと全身の力を抜き、馬の首に取り縋《すが》った。

「よかった……生きた心地がしなかったぞ」

「こんなに呆気《あっけ》なく？」

「簡単だったと言いたげだな。命がけだったくせに」

「そ、そうだけど……」

佐波はつい唇を尖らせる。

――違う。

呆気なかったのは、時行のおかげだ。彼の術が的確で、そして強大だったからだ。

「首尾は上々。これも、そなたたちのおかげだ」

「本当に？」

疑り深く佐波が尋ねると、時行が珍しく唇を綻ばせた。

「ああ。窫窳はこの巻物の中に戻った。二度と悪さはすまい」

「……よかったあ……」

改めてへたへたとその場に座り込む。

もう、身体に力が入らない。

「さっきのあれ、何？」

「あれは祝詞《のりと》だ。もともとは大祓《おおはらえ》で使うものだが、あちらの古い神々に力を借りるものなので試してみた」

「陰陽師って、すごいんだな」

それが佐波の正直な感想だった。

「ありがとう、時行。それから、知道様も」

その場に座ったまま、佐波は深々と頭を下げた。

「これでお別れなのはちょっと淋しいけど、衣は今度返すね。あ、時行はいつか俺の店に来てよ。安くするから」

「——何を言っている？」

細い眉を寄せ、時行は怪訝《けげん》そうだ。

「え？　だって、これで俺もお役御免なんだよね？」

時行は佐波を見下ろし、「この痴《し》れもののめ」と頭をぺしっと巻物で打った。

「何で⁉」

「葛葉小路で巻物を見たとき、無数の光が飛び散ったのであろう？　光の数だけ、化生は散ったのだ。都のみで済めばよいが……どこまで行ったかは見当もつかぬ」

「ええ……⁉」

まさかそんな大ごとだったとは。

「巻物にすべての化生が戻るまでは、そなたの勤めは終わらぬ。無論、私とて同じ。そして、町を守る検非違使も同様であろう。よってお役御免にはならぬ。覚悟せよ」

「まいったなあ」

知道も不満げに頷く。

こんな恐ろしい化生退治が、これからも続くなんて。

「ともあれ、二人とも今宵はゆっくり休め」

ふんと鼻を鳴らし、時行が佐波に手を差し伸べる。それに摑まって、佐波は漸く立ち上がると、お尻が濡れているのがわかった。

……気持ち悪い。

時行は今の手助けが何でもなかったとでもいうように、くるりと踵《きびす》を返す。

「ならば、私も時行の家で身を清めるか」

「どういう意味ですか？」

「酒だよ、酒。うちでもかまわぬが」

楽しげに笑う知道を見やって時行は小さく息を吐いたが、「来るがいい」と背を向けて答えた。

「休めと言ったくせに？」

「清めが必要なのであろう？　ここからは遠くなるが、よい酒がある。ついてまいれ」

「おう」

声を弾ませた知道は、佐波に「帰らないのか」と尋ねる。

「あ……うん」

そうか。

帰るのか。

誰かと一緒に家に帰るって……久しぶりすぎて、最後がいつだったのか思い出せない。

「おい、どうした？」

「ううん、帰りましょう！」

それは何だか、すごく、とてもくすぐったい。

自分が何ものかというのは置いておいて、今は葛葉小路の佐波だ。それでいい。
そして自分は、自分にしかできないことを一つやってのけたはずだ。
それが無性にものすごく誇らしく思えて、佐波はにっこりと笑った。

第二話
呪いの木とあやしい三毛猫

一

窫窳《あつゆ》の事件が解決して、二日。

「ふう……」

佐波《さわ》は未《いま》だに、安倍時行《あべのときゆき》の邸宅で世話になっていた。

曙光《しょこう》があたりをぼんやりと照らし出し、佐波はのろのろと褥《しとね》の上で上体を起こした。

それでも今朝《けさ》は窫窳退治の疲れが取れた気がして、佐波はぐるぐると自分の腕を回した。

身体《からだ》が軽い。

「佐波。よいか」

「あ、はい！」

「漸《ようや》く起きたか」

几帳《きちょう》を捲《めく》って現れた時行に問われ、立ち上がった佐波は「うん」と伸びをする。

時行も寝起きであろうに、いつものように細面は美しい。口さえ開かなければ綺麗《きれい》な男なのだが、皮肉と冷たさが同居しており、佐波は彼と知り合ってからわずかな日数なのに、既に何度もやり込められている。

「元気にはなったのか」

「おかげさまで」

「そなた、これからどうするのだ？」

火事で小家が焼け落ちてから佐波の居候は続いており、すっかりこの屋敷での生活にも馴染《なじ》んでいるが、やはりいつまでもここにいるわけではない。

「とりあえず、家をどうにかしなくちゃだからさ。ひとまず見てこないと」

窶窳の騒動が終わったので、家の再建に取りかかってもよさそうだ。

「それがよかろう。しかし、店は？」

う、と佐波は刹那《せつな》、言葉に詰まった。

「あまり売り物もないし、毎日お客さんが来るわけじゃない。でも、家を建てるにもお金がかかるし、何かしら仕事を大犬丸《おおいぬまる》に斡旋《あっせん》してもらうよ」

「そういえば、知り合いは一真《いっしん》といったな。戻っていないのか」

時行に尋ねられ、佐波は「たぶん」と頷《うなず》いた。

「時行に頼まれた『山海経《せんがいきよう》』も、わざわざほかの水手《かこ》に託してくれたんだよ。急いでるだろうって」

「それで、自分はまだ唐土《もろこし》に足止めか。ご苦労な話だ」

「一真さんは唐土が大好きだから、かまわないんじゃないかなあ」

唐《とう》との貿易は、都から遠く離れた大宰府《だざいふ》で行われる。

その港から唐との貿易船が往き来し、船荷は一旦大宰府に集められる。そして、今度は瀬戸内海《せとないかい》を通って難波津《なにわづ》へ送られ、陸路で都に運ばれる仕組みだ。

唐との貿易船は何隻も出ているが、一真の船だけは何か問題が起きたらしく、大宰府に着かないままだ。

責任感の強い一真は佐波――というより依頼主の時行が心待ちにしていた巻物だけを先に送り届けてくれたのだ。尤《もっと》も、それがこんな厄介ごとの原因になったとは、一真だって夢にも思うまい。

「それより、寝ているときは独鈷《とっこ》を外すのか」

時行は床に置いてあった独鈷を、ちらりと視線だけで示す。

「だって、寝返り打つとごりごりするんだもん」

「ここは私の結界があるからよいが、できる限り身から離すなよ」

「……うん」

この独鈷が自分の身を守ってくれたらしいのは、窫窳《あつゆ》の一件でわかっている。

これには、佐波を案じる誰かの思いが込められているのかもしれない。

「さ、早う朝餉《はよあさげ》を終えよ。冷めるぞ」

「はーい」

簡素な朝餉を食べ終えると、片づけを始めた松葉《まつば》に「行ってくるね」と挨拶をする。松葉は一瞬だけ手を止めてこちらを見たが、すぐに何ごともなかったように、仕事を続けた。

時行の邸宅のあたりは人の姿はなく、野犬が所在なげにうろついている。西鴻臚館《にしこうろかん》の前あたりで、次第に人影が増えてきた。

大火の名残《なごり》か、自宅に近づくにつれて何となく埃《ほこり》っぽくなり、煤《すす》や灰が目に入って佐波は何度も目を擦《こす》った。

もともと左京はみっしりと家が建ち並んでいるため、一度火が点《つ》くと大火事になってしまう。多いときなど一年のうちに何度も大火が起きるので、誰もが火事は天命だと半ば諦めていた。

家の周辺では、既に住人たちは柱を立て、壁の代わりに布の幔幕《まんまく》を張って仮住まいを作り上げていた。

「……あれ？」

佐波の家があったはずの地点も、柱と幔幕で簡単な住居が作られている。

もしかして、誰かがここに勝手に住み着いているのだろうか。

さすがにそれは、困る。

「あの……」

思い切って幔幕の入り口から声をかけてみても、返事がない。

——いったい誰が、ここに暮らしているのだろう？

荒事だったら佐波の手に負えないし、かといって検非違使《けびいし》の藤原知道《ふじわらのともみち》を巻き込むとあとあと面倒なことが起きそうだ。

まずは聞き込みしかなさそうだ。

「こんにちは」

悩みつつも隣家の幔幕を捲って中を覗《のぞ》くと、赤子をあやしていたおかみさんが振り返った。

「な、な、な……」

「どうしたの？」

蒼褪《あおざ》めたおかみさんが口をぱくぱくさせたので、佐波は首を傾《かし》げた。

「あんた、死んだんじゃ……！」

「ええっ？ 違うよ、ちょっと、知り合いのところで世話になってて」

おかみさんは胸のあたりをさすり、ふうっと息を吐き出した。

「ああ、よかったよ、あの火事で死んだんじゃないかって噂《うわさ》だったからね」

「生きてるよ！ あいにく、俺は幽霊じゃないからね」

腰に手を当てて佐波が主張すると、おかみさんはころころと笑った。

「わかったわかった。こんなに顔色がいい幽霊がいるもんかい」

「それでさ、俺の家って、今、誰が住んでるの？」

「誰ってあんたの家だろ？」

「でも俺、直した覚えはないよ」

「あれは大犬丸がやらせてたんだよ」

「大犬丸が？　どうして？」

いくら大犬丸が自分を親身に思ってくれているとはいえ、そこまで世話をしてくれるとは意外だった。

「さあてね、そこまではねえ」

「だよね。ありがとう、俺、本人に会ってくる！」

佐波は一度外に出ると、自分の家を確かめようと幔幕をべろっと捲り上げて中に入る。

「……狐《きつね》!?」

少し焦げた臭いの漂う仮小屋の中で、白い狐が丸まって眠っていた。顔を上げた狐は目を開けてじいっと佐波を凝視してから、するっとその傍らを抜けて外へ消えていく。

「………」

まさか、留守のあいだに自分の小家を狐に占領されていたとは複雑な気分だ。

「そういや、漸くあの化け物がいなくなったみたいだなあ」

「あれは恐ろしかったねえ」

外の話し声が筒抜けなのも、壁が布なのだから無理もない。

新居の地面には、ご丁寧に小さなむしろが敷いてあった。

とりあえず屋根と壁(実際には布だが)があるのは有り難い。しかし、いくら佐波でも地面に直《じか》にむしろ敷きで寝るのは厳しかった。もう少し本格的に家を再建するなら、とにかく稼がなくちゃいけない。

まずは、大犬丸にお礼を言おう。

今ならば、大犬丸は市場を見回っているはずだ。佐波はそう確信し、真《ま》っ直《す》ぐに葛葉小路《くずのはこうじ》へ向かった。

窶皶《あつゆ》の事件が解決して活気が戻ってきた市場では、庶民が思い思いに買い物や商いを楽しんでいる。

日焼けして屈強な男は、すぐに見つかった。

「大犬丸!」

水干を身につけた大犬丸は、佐波の声にくるりと振り返った。

「おう、佐波じゃねえか。ここのところ、どこに消えてやがった?」

ばんばんと背中を大きな手で叩《たた》かれ、あまりの勢いに腸《はらわた》が口から飛び出しそうだ。

佐波が目を白黒させていると、大犬丸は「おお、すまぬ」と手をすっと引っ込めた。

「ちょ、ちょっと、お客さんに世話になってた」

ここで時行の世話になっていたと言えば、邪推されかねないので黙っておく。

「ええ？　そいつはまた……」

「変なことはないよ！」

妾《めかけ》にされたとでも思われるのが業腹で、慌てて佐波は弁解をする。

「なあんだ、物好きな相手は見つからなかったのか」

むにっとほっぺたをつねられて、佐波は眉を顰《ひそ》めた。

「うう～……」

「ま、顔は可愛《かわい》いけど、色気がこれっぽっちもないからな」

女性《にょしょう》としてと言いたいのであれば、色気なんてあったら困る。

「それより、家、直してくれてありがとう」

「気に入ったか？」

「もちろん。でも、どうして直してくれたの？」

「そりゃ、住《す》み処《か》がないと困るだろうが。もしかしたら野宿がよかったか？」

大犬丸は怪訝《けげん》そうな顔だ。

「まさか！　すごく助かる！」

「こんなときに、恩人の子を放っておいたりはしないさ。近頃、知道様の仕事を手伝ってるんだって?」

「え」

そこまで伝わっているとは想定外で、佐波は目を丸くした。佐波の表情がおかしかったのか、大犬丸は歯を見せて破顔した。

「そりゃ、市場はあちこちから人がやって来る。そうすると、自《おの》ずと噂ってやつも集まるのさ」

「それは知ってるけど」

「検非違使の手伝いができるのはいいが、無茶はすんなよ。何かあったら、死んだ親父《おやじ》さんに申し訳ないからな」

「うん」

何だかんだ言って、自分を案じてくれる彼の気持ちは本物だ。

佐波はにこっと笑った。

「で、礼と言っちゃ何だが、一つ遣いを頼まれてくれねえか」

「お遣い? もちろんだよ」

「世話になってるお役人の屋敷に縄を運ぶ約束が、あいつが足を挫《くじ》いちまって」

彼が指さした方角には、地面に座り込んだ若者の姿が見えた。

「うわ、それは気の毒に」

「行き先はお貴族の夏山《なつやま》様の屋敷で、右京の西鴻臚館の近くだ。そこまで重いものじゃないから、何とかなるだろ」

西鴻臚館ならば、時行の邸宅の方角だ。少し距離はあるが、お遣いの帰り道に立ち寄り、時行に家に戻ると伝えよう。

「何でも、庭を整えるのが趣味らしくてな。立派な庭木が多いから、すぐわかるらしい」

「最近、流行《はや》ってるよね」

貴族様の趣味というのは贅沢《ぜいたく》で、佐波にはいまひとつ理解しかねた。庭の木を育てたって、お腹が膨れるわけではないだろうに。

「よくわかんないけどな。どうせ火事になれば、どんな大木だって燃えちまうのにな」

大犬丸の声には、実感が籠《こ》もっている。

「ほんとだね。とりあえず、行ってくる」

「助かるぜ」

「じゃあね」

佐波は大きく手を振った。

「ちちっ」

例の青い小鳥——時行お手製の式神の『みそ』が現れ、佐波の頭上を悠々と飛んでいる。

あの小鳥は時行と繫《つな》がっているそうだが、音しか伝わらないらしい。

本当だろうか。

前に佐波を助けてくれたことだってあるし、実際は見えているのではないのか。

……あり得る。

とはいっても、それを時行に確かめても大した意味はないだろう。

別段、時行に知られたくない真似《まね》をしているわけでもないのだし。

ぐるぐる巻いた縄に右腕を突っ込んで肩に担ぎ、佐波はのんびりとした足取りで朱雀《すざく》大路を歩く。

想像以上に重いし、この縄は結構な長さなのかもしれない。

いつしか陽射《ひざ》しが戻っており、足許には佐波だけでなく、みその作る影が落ちている。

そうこうしているうちに、目印の西鴻臚館が見えてきた。

西鴻臚館とは、外国からやって来た使節を接待するための宿舎で、貿易上でも重要な拠点にあたる。父が生きていた頃は、ここにもよく出入りしていたらしい。

最近では時化《しけ》の影響で外国と往き来する人々も少ないせいか、あたりは静まり返っていた。ちなみに鴻臚とは唐の役職の名前で、外国の使節をもてなす役人を指すのだとか。

「ここかな？」

大犬丸には庭木の手入れが素晴らしいからすぐわかると聞かされていたが、確かに夏山邸は西鴻臚館にほど近い、見るからに立派な屋敷だった。

なるほど、これはかなりの財産を投じたようだ。

「あのう、もし」

念のため門で声をかけてみたが、返事はない。驚いたことに使用人も出払っているようだ。よほど人数が足りぬのか、あるいは、忙しいのか。両方かもしれない。

荷物を置いていくか迷ったものの、大犬丸に頼まれた仕事を適当に済ませるわけにはいかなかった。万が一、受け取っていないなどと言われたら大犬丸の信用に傷がつく。

「どなたかおられませんか⁉」

豪華な邸宅なのに人の気配が皆無なのは、どこか薄気味が悪い。

「……何だ、そなたは」

いきなり、暗がりからぬっと男が顔を出したので、佐波はひっと息を呑《の》んだ。

あたかも幽鬼のように蒼褪《あおざ》めた顔色に、瘦《や》せた身体《からだ》。

三十代くらいだろうか。

なまずひげを生やした男はよれて垢《あか》じみた狩衣《かりぎぬ》を纏《まと》っており、目は落ち窪《くぼ》み、何ともいえず生気が感じ取れない。見たところの身なりの酷《ひど》さは、庶民の佐波とは大差ないかもしれない。もちろん、もともとの生地は佐波の身につける直垂《ひたたれ》よりはずっといいものだろうが。

「夏山様ですか？」

「そうだが、おぬしは誰だ?」

どことなくどろりと淀《よど》み、覇気を失った目で男は佐波を睨《ね》めつけた。まるで嵐のあとの鴨川《かもがわ》みたいな濁った目だ。

「俺、葛葉市場の大犬丸の遣いです。縄を注文なさったとか」

「縄? ……ああ、そんなこともあったか……」

はっきりしない口ぶりに佐波は疑問を感じたものの、それを問い質《ただ》す前に夏山は「ついて来い」と佐波に言った。

覚えがないと追い返されないのだから、注文間違いというわけでもなさそうだ。

「はい」

連れていかれたのは、広々とした庭だった。

「へえ……」

荒れ放題の時行邸の庭とは正反対で、あちこちにきちんと手が入っている。

夏山は小役人だそうだが、こんな見事な手入れの庭に住めるなんて、役人の俸給では首が回らなくなりそうだ。もしかしたら、かなりの財産家なのかもしれない。

しかし、庭の手入れの素晴らしさに比べて、夏山の身なりがあまりにも貧相なのが気になってしまう。

「この木だ」

唐突に立ち止まった夏山は、太い木の幹を右手でぽんと叩いた。

「えっと、これが何か？」

示された木は根元の土が赤茶色で、植え替えたばかりなのか、ほかの庭木とは少し異質に見える。

榧《かや》かいちいだろうか。

木の前後左右に張り出した枝振りは勢いがあり、前に立つだけで圧倒されそうだ。

「そこに縄をかけよ」

「俺が？」

「私にできると思うか？」

そう言われて相手をじろじろと見つめるが、たぶん、身体を動かすのは苦手そうだ。

「……はい」

とりあえず従おうと決めた佐波は、縄を担いだまま自分の胴回りほどある太さの木に取りついた。

「わ⁉」

……あったかい。

ごつごつとした幹は、陽が当たっているわけではないのに、まるで生き物のようにぬくもりを帯びている。

何だかそれが妙に気持ち悪くて、佐波はぎょっとしてしまう。

思わず一歩下がり、腰に差した独鈷を右手で握り締める。

「どうした？」

「ううん……何でもないです」

おずおずと独鈷から手を離し、今度はちゃんと木に登り始めた。木登りは得手だったので、問題ない。

「そちらの太い枝だ。それに引っかけるのだ」

「はい」

言われたとおりの枝にかけて下ろすと、下にいた夏山が縄を幹に巻きつけて固定する。

いったい、何をするつもりなのだろう。

わからないけれど、従わねばいけないような気がする。

「ふむ、これでよいな」

「はい、これでいつでも使えます」

使うって、何に？

疑問を抱きながらも、勝手に言葉が口を衝《つ》いて出る。

何だろう、これ……。

「ご苦労であったな」

「どうも」

縄の先端には輪が作られており、夏山は、そこに首を突っ込んだ。

ああ、首をくくるのか。

佐波が納得しかけたとき、いきなり、頭に鋭い痛みが走った。

「いて、いてて、痛いっ」

みそだ。激しく数回つつかれて我に返った佐波の目の前で、輪に頭を突っ込んだ夏山がとんでもない行動に出た。

ぽん、と地面を蹴ったのだ。

「やめろ‼」

つまりは、首吊《くびつ》り。

「待て！」

「うがあ……」

自重で喉を締めつけられるかたちになった夏山はぴくぴくと震えており、佐波は急いで彼の腰に取りつき、その身体を精いっぱい持ち上げる。

「うー……っ」

重い。

「あがっ」

だめだ。佐波が重さに耐えかねて手を緩めると、夏山の首が絞まってしまう。

咄嗟《とっさ》に縄を切る手段はない以上、一刻も早く、正気に戻ってもらわなくては。

「ちょ、ちょっと、何してんですか‼」

「離せ、このまま死ぬ、のだ……」

しわがれた声で夏山が言うが、冗談じゃない。

「みそ、助けて！」

大きくさえずったみそが、闇雲に佐波の首筋や頭をつつく。

「いや、俺じゃなくて、そっち！　そっち！」

佐波は怒鳴る。

重みのあまり身体が熱くなり、汗で手がぬるぬるしてきた。これでは手が滑って、夏山が死にかねない。

「離せ……」

「離しません！」

とにかく、彼を縄から引き離すのが先決だ。

そう決意した佐波は夏山の首と縄のあいだに両手を突っ込み、強引に輪を広げようと試みた。

「う……」

首が絞まる苦しさから暴れる気力が失《う》せたのか、夏山の抵抗は先ほどの比ではなくなっている。

いける。

佐波は力を込めて両手を左右に大きく広げ、同時に夏山の身体を両脚で挟む。そして、思い切り後ろに仰《の》け反《ぞ》った。

「おわっ」

夏山ごと尻餅《しりもち》を突いた拍子に、縄がすぽんと外れる。

「よし！」

ごほごほと咳《せ》き込《こ》んだあと、夏山はにわかに恐慌を来《きた》した。

「離せ！　離すがよい‼」

「だめだってば！」

せっかく必死で助けたのに、もう一度首吊りなんてされたら寝覚めが悪すぎる。

夏山の腰にぎゅむっと取り縋《すが》り、とにかく縄から遠ざかろうと勢いをつけて体重を左にかける。思惑どおり、佐波は彼を抱えてごろんと地面に転がった。

「お、おい」

よし。芋虫のようで不格好ではあるが、致し方ない。

何度か地面を蹴ってごろごろと転げながら庭から離れ、家に出入りできる中門廊《ちゆうもんろう》に近づいたあたりで、「おい、そなた……」とくぐもった声で夏山が話しかけてきた。

今までとは声の調子が違うように思えて、佐波は目を瞠《みは》り、こわごわ夏山を摑《つか》んでいた手を緩める。

「な、何だ、そなたは！」

「えっ」

「なにゆえに私を押さえつけているのだ！　賊か⁉」

いきなり怒られて、佐波は愕然《がくぜん》とした。

何って、死のうとしたのは夏山のほうではないか。

「だから、俺は大犬丸の頼みでここに来て……あなたが首を吊りかけたから助けたんですよ！」

「私が？　そんなわけがあるはずが……」

そこで彼は言葉を切った。

夏山の視線は、ぶらぶらと揺れる縄に釘《くぎ》づけだった。

「そうだ……首を、くくろうと思ったのだ……」

一転して、声が弱くなる。

「首をくくらねば……」

「だ、だめですってば！」

また⁉

ふらりと立ち上がった夏山がそちらへ覚束《おぼつか》ない足取りで近寄りかけたので、佐波は背中から夏山の腰にしがみついた。

「うぐっ」

勢いよく体当たりした拍子に、均衡を崩した夏山が転がって建物に頭を打ちつけたようだ。彼が気を失ったのを察し、佐波はひとまず彼を外へ引っ張り出そうと考えた。

「うー……」

重い。

夏山の腰を摑んでずるずると引《ひ》き摺《ず》り、やっとの思いで門から敷地の外に連れ出す。家に引き上げてもよかったが、相手が痩せているとはいえ体格差があるので一人では引っ張り上げられない。それに、佐波が誰かを呼びに行っているあいだに目を覚まし、首吊りを完遂されても気分が悪い。

「う……ぅ……」

小さく悲鳴を上げ、瞼《まぶた》を震わせて夏山が目を開けた。

「痛たたた……」

途端に痛そうな声を出し、彼は後頭部のあたりを右手でさする。

「すみません、乱暴しちゃって」

「何ものだ、そなた。ことと次第によっては、ただではおかぬぞ！」

掠《かす》れ声で凄《すご》まれ、佐波は途方に暮れかけたが、ともかく口を開く。

「だから……俺、大犬丸に頼まれて、縄を届けに来たんです。佐波といいます」

さっきと似たようなことを告げる羽目になり、佐波もうんざりしてしまう。

「縄、だと？　大犬丸から？　意味がわからん」

「ご注文いただいた品ですが……」

「そう、か。うっすらそんな覚えもあるような……だが……、なぜだ」

合点がいかぬ様子ではあったが、夏山は蒼褪めた顔で頷いた。

一連の繰り返しをまたやらされるのかと思ったが、よかった、今度は正気のようだ。

「庭一番の立派な木に、縄がぶら下がってます。見ればわかりますよ」

「まさか、池のほとりに植えた榧の木か？」

「はい」

あれは榧だったのか。

「くそ！」

罵りの声を上げ、夏山は地面をこぶしで叩いた。

「あれは植え替えてから、一月《ひとつき》も経《た》っていないのだ。まだ根づいていないのに、なぜあの木を！」

「え、いや……夏山様が選んだんじゃないですか……」

どうやら本気で庭造りを愛しているらしく、木を傷めそうになった自分自身に苛立《いらだ》っている様子だ。

「あの……大丈夫ですか？　中で休んだほうがいいんじゃ」

やはりこの人は何かがおかしい。佐波は休息を勧めたが、夏山は首を横に振るばかりだ。

「――いや……だめだ。あれの顔を見たくはない」

やけに深刻そうな口ぶりで、ひとまず夏山を家に帰して自分も立ち去ろうと考えていた佐波は、そこでおやと眉を顰めた。

首を突っ込んではいけない気がするが、せっかく助けたのに、放っておいて再び首をくくられるのも嫌だ。

「あれって？」

「我が妻だ」

夏山の答えは端的だった。

つまりは夫婦仲が悪いって意味だろうか？　しかし、それで自害を試みるのはずいぶん消極的だ。命を粗末にできるほどの蛮勇を抱くのなら、妻を離縁する勇気はないのだろうか。

大犬丸はそれなりに恩を売っておきたい相手だと言っていたから、そういう地位も妻あってこそのもの——というのなら、話はまだわかる。

「だったら、うちに来ませんか？」

抱きついたのに自分が女だと気づいていないし、危険は小さいだろう。

「そなたの家に？」

ここからなら時行の家のほうが近いが、多少歩いて疲れれば、自死する気力体力もなくなるのではないか。

このまま死なせてしまうのは悔しいし、佐波は破れかぶれな気分で彼を自宅に誘った。

❁・❁・❁

「なんとまあ、幔幕が壁とは珍しい造りじゃ」

夏山は真剣に感心しきっており、佐波は逆に呆《あき》れてしまう。

「……それは火事のせいです。壁が手に入らなくて」

「先日の火事は、噂に聞いておる。大火にはならなかったが、何でも化け物が出たとか」

「そうなんですよ。まあ、とにかく、あまり大きな声を出すとご近所に丸聞こえで」

連れてきておいて騒ぐなというのも申し訳ないが、常識的な声の大きさならば問題はない。

「不自由よのう。しかも、尻が痛いぞ」

「かたじけないです……床板がないから……」

佐波は頭を掻《か》く。

「板が高騰して、壁も床もないか。不自由な話だな」

「そうなんです。……どうぞ」

佐波は椀《わん》を取り上げ、それに買ってきた酒を注《つ》いで差し出した。

椀を受け取った夏山は、鼻を近づけてその香りを嗅いで目を細める。

「ほほう、これはなかなかによい酒だなあ。そなた、よい店を知っているではないか」

「大犬丸に教えてもらったんです」

「なるほど、さすがあの男は物知りだな」

夏山はものの数分もすると、すっかり酔っ払ってしまっていた。

「そなたは飲まぬのか？」

「俺は、あんまり好きじゃなくて」

ほとんど酒を飲まない佐波にはよくわからなかったが、このあいだ時行邸で舐《な》めたときは気持ち悪くなってひっくり返ってしまった。どうやら、もともとそんなに強くはないらしかった。

「で、御許《おもと》と喧嘩《けんか》でもなさったのですか？」

御許とは女性を指す言葉で、ここでは夏山の妻のことだ。

「喧嘩など考えられぬ。あれほど可愛い女はいないからな。ただ、近頃あやつはまるで魂を抜き取られたようなのだ」

酒のおかげか、夏山の舌は軽やかに回る。家で首吊りを企《くわだ》てたときとは別人のようだ。

「魂を？」

「うむ。一日猫ばかり抱いて、何かをぶつぶつと呟《つぶや》いておる」

「へえ……」

我ながら相槌に困り、とりあえず曖昧に言葉を濁す。

「妻の身の上に何が起きたのかと案じているうちに、なぜかぼんやりとしてきて……それで、首をくくろうとしたのだろうなあ」

「そういうこともあるかもしれませんねえ」

佐波の言葉を耳にして、夏山は首を横に振った。

「しかし、な。今にして思えば、私はなにゆえに死にたくなったのであろうなあ」

「へっ？」

「そもそも、目の中に入れても痛くないような愛《う》い妻だ。大事な妻を置いていくほうがおかしかろう」

「それは、確かに」

二人は考え込むが、すぐに、夏山のほうが口を開く。

「――そうだ。縄の運び賃を払っていなかったな」

ちゃりんと音を立てて、佐波の前に数枚の銅銭が置かれた。

現金があまり流通していないので、こういう貨幣はかなり貴重だ。

「いいんですか⁉」

大犬丸に作ってしまった借りを返すためだったのに、これで運び賃ももらったら、二重取りにならないだろうか。それはそれで話が旨《うま》すぎて、どきどきしてきてしまう。

「よいぞ。だが、頼みがある」

「頼み、ですか？」

「今から我が家に行き、妻の様子を見てきてくれぬか」

これはまた、予想外の依頼だった。

「私がおらぬあいだ、どんな振る舞いをしているのか知りたいのだ」

「けど、身分の高い女性を見るのは……」

高貴な女性は滅多に人前に顔を晒《さら》さないものだ。佐波のような無関係の庶民に顔を見られれば、彼女はひどく衝撃を受けるに違いない。

「下男だと思えばかまわぬ。どのみち、我が家の下人たちは皆、このところ次々にやめてしまった。頼れる者が一人もおらぬのだ」

「どうしてですか？」

だから広い邸宅なのに、人気《ひとけ》がなかったのか。

「さあな」

吐き捨てるような、それでいてどこか淋《さび》しげな三文字に、ずしりと胸が重くなった。

「でも、さすがに……」

なおも躊躇《ためら》っていると、夏山は渋々といった様子で口を開いた。

「そうだな、それともう一つ……大犬丸に葛葉小路を公に認められぬかと頼まれていたのだ。一度、上に口を利いてやろう」

「本当ですか⁉」

「二言はない」

これは嬉《うれ》しい申し出だった。闇市でなくなれば、もちろん、佐波にだって恩恵がある。

「かしこまりました。じゃあ、行ってきます！」

佐波の威勢のいい返答を耳にして、夏山は少し安堵《あんど》したように表情を緩めた。

「うむ、ここで待っておるぞ」

「はい！」

酒のせいでほんのりと顔が赤くなっていて、夏山は先ほどよりもずっと顔色がました。

これならば、この家で自害を遂げることなどないだろうと、佐波は自宅を飛び出した。

二

夏山の妻の様子を見るために佐波が自分の家を出た頃には、既に陽が傾きかけていた。西鴻臚館に近い夏山の家と自宅を往復すると、帰りは夜だろう。

「おや、今からお出かけかい？」

「うん、ちょっとね」

通り過ぎた井戸の近くでは、近所の主婦たちがにぎやかに話しながら、それぞれかわりばんこに水を汲《く》んでいる。そのうちの一人に声をかけられ、佐波は愛想よく答えた。

都には井戸が多く、水も旨い。実際、多少飢えても、しばらくは水だけで過ごせると佐波は本気で考えている。

斯《か》くして、佐波は再び夏山の邸宅に到着した。

先ほどは気に留めていなかったが、築地塀《ついじべい》は真っ白く塗られ、崩れたり欠けたりというところがない。よほど気を遣って手入れさせているのだろう。

下っ端役人なのにこれだけ金があるっていうのは、どうも気になる。もともと財産を所有していたならばいいが、私腹を肥やしていたり、あくどい商売に手を染めていたりする可能性も考えられるからだ。

一見した庭木の中でも目を惹《ひ》くのが、夏山が首を吊ろうと試みた榧《かや》の木だった。

一月前に植え替えられたという割には枝が張り出して妙に貫禄が漂い、ぶらんぶらんと揺れている縄がどこか禍々《まがまが》しい。枝と葉のせいで地面に黒々とした影が落ちていた。

立派な樹木を近くで眺めたいという気持ちに駆られたが、ぴいっと小鳥のみそが鋭く鳴いたのに我に返る。

「……おっと」

だめだめ、佐波の今の仕事は夏山の妻の様子を窺《うかが》うことだ。

うっかり浮気の現場でも押さえてしまったらどうしよう……。

そういう愁嘆場は、苦手だ。

つらつらと想像しつつ、佐波は中門廊からするりと上がった。足音を立てないように抜き足差し足で、ゆっくりと対屋《たいのや》へと向かう。

先ほど、屋敷の下人たちは多くが暇乞《いとまご》いをしたと話していたせいだろう。人の気配が感じられない。

けれども、それだけではないようだ。

淀んだような空気が、息苦しく佐波の全身にじわじわとまとわりつく。この感覚は、佐波にも覚えがある。

さっきは気づかなかったけれど、あのときと同じだ。

数日前に窫窳《あつゆ》と対峙《たいじ》したときも、こんな空気を味わった。

それを唐突に意識した佐波は、無意識のうちに自分の腰に差した独鈷を弄《まさぐ》る。そうすると、楽に呼吸できる気がした。

「ふーっ‼」

「おわっ⁉」

突然そんな不可解な音が聞こえてきて、驚いた佐波が飛び退《の》く。

数歩ほど離れた前方の暗がりに、二つの金色のものが光っている。

——猫だ。

佐波を睨《にら》んでいるのは、毛並みが貧相で痩せぎすのみすぼらしい三毛猫だった。

「しゃーっ」

毛艶《けづや》の失《う》せた毛を逆立てて、三毛猫は警戒心も露《あらわ》だ。

「うわっ」

いきなりぺしっと足の甲をはたかれ、佐波は引っ掻かれるのではないかとどきっとした。

だが、爪は立てておらず、傷はできていない。

「おまえ、夏山様の猫か？」

「ふーっふーっ」

どうしよう、めちゃくちゃ怒られてるっぽい……。

「夏山様に頼まれて、ちょっと御許の様子を見に来たんだ。夜這《よば》いとかじゃなくって……すぐに帰るよ」

荒ぶる猫は佐波の言葉など聞いていないらしく、しゅばばっと手を出してくる。

「わわっ、危ないな……」

次こそは引っ掻かれては敵《かな》わないと、佐波はそれを器用にひょいと避けた。

廊下を抜けると、建物の中心の母屋《おもや》に入る。周囲を廂《ひさし》という板の床で囲い、室内は柱だけがあり壁はほとんどない。外界に面する外壁は扉や蔀《しとみ》という裏に板を張った格子で閉じ、部屋と部屋を区切るのは几帳や屏風《びょうぶ》などだった。昼間は扉や蔀を開け放ち、夜はそれらを閉めて休む。

とはいえ、夏山くらいの中級貴族の家屋敷だと、造りはもう少し簡素で母屋だけだ。

猫との攻防を繰り返しつつ奥へ向かうと、ますます暗い場所に几帳が立てられ、背後に人がいる様子なのは見えた。薄い布に人影が映っていたし、長い長い黒髪が床でとぐろを巻いていて、はみ出ていたからだ。だが、うねる黒髪はどこか艶がない。

ともかく、これが奥方だろう。

「あの」

顔を見るわけにはいかないので声をかけた刹那、ふわりと風が吹いた。

風は几帳を捲り上げ、背後に隠れる人物の顔を佐波に見せる。

「！」

床に直に座り込んだ彼女は無為に中空を見つめている。

なんて、綺麗なんだろう……。

黒々とした髪に、白い肌。少し乾いているが、ぽってりとした唇。

華やかな色合いの袿《うちき》を羽織っており、赤い袴《はかま》がちらりと覗く。貴族の女性は、こういう服装でくつろいでいるのだ。

とても綺麗な衣がどんな手触りなのか知りたくなり、佐波は思わず手を伸ばす。

「あっ」

すぐに先ほどの猫が走り込み、奥方の膝の上にすっぽりと収まる。

それはまるで、この女性は己のものだと主張しているかのようで薄気味が悪かった。

「しゃーっ」

牙を剝《む》き出しにして威嚇する猫の姿は、やはり尋常ではない。彼女は止めるでもなく、ただただぼんやりと座している。

これでは人形だ。

間男や浮気どころか、ここには彼女以外の誰もいなかった。

「あの、俺は……その、怪しい者ではなく……」

一応は彼女に声をかけてみたが、反応は皆無だ。

代わりに膝の上で自分を見つめる猫の目は爛々《らんらん》と光り、恐ろしくなるほどだ。

もしかしたら、奥方の異変の原因は猫にあるのではないだろうか。

荒唐無稽かもしれないが、猫の意味ありげな素振りにそんな考えが閃《ひらめ》く。

「なあ、みそ……」

声を上げてみると、小鳥がぱたぱたと飛んできて佐波の頭に止まる。だが、奥方にも猫にも反応せず、可愛らしく鳴くばかりだった。

「――お邪魔しました」

これなら、浮気どころではなさそうだ。

むしろ、気の病か何かではないだろうか。

とうとう薄気味悪くなった佐波は、通り一遍の文句を告げると身を翻して中門廊へ引き返した。

それから、ぶら下げたままの首吊り用の縄を思い出す。

放置しておいて、もう一度夏山が首吊りを試みたら気分が悪い。

佐波は自分のお守りの独鈷を握り締め、じりじりとあの木に近づいていく。そして、懐から小刀を出すと、縄に突き立てた。

みそが頭上を旋回しており、時折鳴き声が降ってくるのが何ともいえず心強い。

全部切るには小刀は細すぎるが、半分くらいまで切れ目を入れておけば、おそらく誰が首を吊ろうにも、重みですぐに縄が切れるだろう。

「これでよし」

ひとまずこれならば、夏山も死ねないはずだ。

帰りはさすがに疲れていたものの、駄賃をもらえる約束なので気分は軽い。

そうして帰宅した佐波を出迎えたのは、ごろりと横になって干し魚を囓《かじ》る夏山だった。

「戻りました」

「おお、どうであった?」

「御許は猫を抱いておられました」

「ふむふむ。そして?」

「それだけです」

「それではいつもと変わらぬではないか」

困ったように夏山は感想を述べるが、事実なのだから仕方がないと佐波は座り込んだ。

「ぼうっとしてたけど、いつもあんななんですか?」

「うむ。このところ忙しくて妻の相手をしてやれなかった。それで、恋煩いではないかと思いついた」

「誰と？」

佐波には恋がどんなものかなんて実感がないが、そういう甘酸っぱい様子でもなかったような……。

「いや、誰かと会っている様子はないのだ」

「ええ？　じゃあ浮気っていうのは？」

「勘だ」

時行と違って、夏山の勘が信用できるかはまた別の話だ。

「妻は家から逃げ出そうとしたこともある。そこまで思い詰めているのかと思っても、我が屋敷に男の出入りはない。今は離れてしまったが、下人たちも代々仕えてくれている連中だ。となれば……」

心当たりがあるのかと、佐波は目を見開く。

「一月ほど前にあの椰の木を植え替えた庭師の男。あれと浮気しているのではないかと思い当たってな。だが、どこの職人かはわからぬ」

「知らない人に頼んだんですか？」

佐波の問いに対し、夏山は首を横に振った。

「もともとあれは……贈りものなのだ。さる御仁《ごじん》からのな。それで、運んできた職人たちが植えてくれた」

少しばかり言いづらそうな理由が透けて見え、あえて追及はしなかった。

「その折、見知らぬ職人たちが出入りした。妻がほかの男と出会ったり、垣間見《かいまみ》されたりは、それくらいしか機会はない」

「そっか……」

「しかし、問い詰めても猫を撫《な》でるばかりで何も言わぬ。そうしているうちにこちらが死にたくなるのだから、人間とはわからぬものだ。それもこれも、己のことだというのになあ」

彼はため息をついた。

「猫はいつからいるのですか？」

「猫？　ああ、妻が娘のときから飼っているとか」

あの猫に原因があるのではないかと、尋ねてみるべきだろうか。

けれども、それを聞いたら逆上して、夏山は猫を殺してしまうかもしれない。それでもなお奥方が治らなかったら、猫は無駄死にだ。それだけは避けたい。

「……よく見ると、そなた……なかなか可愛いな」

「はあ……」

「どうせあれも浮気しているのであれば、こちらも……」

ずずいと躙《にじ》り寄られて、佐波は仰天した。

「へっ⁉」

佐波は声を上擦らせる。

これって貞操の危機というやつか……⁉

「待ってよ、俺、男だよ⁉」

「寺には稚児もいよう」

「だ、だって、間男の件が誤解だったら、それこそ言い逃れできなくなるしっ」

「む」

「それにここ、丸聞こえだから！」

「誰も見る者など……」

そこで佐波は「あっ」と声を上げる。

「何だ？」

「外……何か、いるよ⁉」

幔幕の外に、何かの影が映っている。

ぴんと立った耳に、もっふりとした尻尾《しっぽ》。

「野犬か⁉」

慌てたように夏山が後退《あとずさ》る。野犬に襲われるのは佐波も怖くて、「しっしっ」と幔幕越しに声を出した。

そうしているうちに頭が冷えたらしく、こほんと夏山が咳払《せきばら》いをする。

「すまぬ、羽目を外したようじゃ」

「びっくりしました」

「今日は久しぶりに気晴らしになったぞ。礼を言おう」

「はい、お気をつけて」

気まずくなった様子の夏山が去ってしまうと、途端に小家の中は静けさを取り戻した。

何なんだろう、あの犬。

幔幕をぺろりと捲って外を見たが、既に獣の姿はどこにもなかった。

犬っていうより、狐だったかもしれない。

――何だか、すごく疲れた……。

猫については、明日、時行に相談してみよう。自宅に戻ると伝えそびれたが、もう、出かける気力はなかった。

❁・❁・❁

「ただいま」

翌日の夕方。

時行の邸宅に向かうと、廂に腰を下ろして杯《さかずき》を傾けていた時行が、無言で佐波を睨《ね》めつけた。

「あれ、なに？」

「昨日は断りもなく戻らなかったくせに、今更ただいまとはどういう了見だ？」

「うっ」

「時行に心配をかけるとは、いい度胸だなあ」

付け加えたのは、時行と同じように杯を掲げる知道だった。

「あっ、知道様もおいででしたか！」

直衣《のうし》を身につけた知道は、既に少しばかり酔っているらしく、鼻の頭が赤い。ぎょろっとした大きな目も潤んでいるようだ。

二人の仲がよいのは知っていたが、それにしたって、知道はここに入り浸りすぎだ。しかも、夜に出歩くと怖いとかで泊まっていくことが多い。時行は面倒くさそうだが、特に拒まないあたりは慣れているのだろう。

「誰も心配しておらぬ。この愚か者は、式に見張らせているからな」

「それはそれで冷たいよ」

膨れっ面になる佐波としれっとした面持ちの時行を交互に見据え、感心したように知道は唸《うな》った。

「しかし、昨日は昨日で面倒に巻き込まれかけたようだが」

「む、その非力ななりで喧嘩でもしたか？」

「大犬丸にお遣いを頼まれて、ちょっと絡まれただけだよ」

それを聞いた時行はふんと鼻を鳴らしたが、感想はそれ以上ないようだ。いつものように扇を手に、それを弄ぶ。

「それくらいならよいが、佐波は時行にはずいぶん気安い口を利くな」

「俺と時行は、ほら、友達だし」

「馬鹿め、誰が友達なものか」

しらじらと答える時行は、呆れ顔ですらない。佐波が愛想笑いを浮かべたところで、更に時行が言葉を重ねた。

「話のたねもないし、肴《さかな》として一応は聞いてやろう。昨日は葛葉小路とどこぞの屋敷を行ったり来たりしていたようだが、何かあったのか」

「どうして知ってるの？」

「…………」

時行は無表情に佐波を一瞥《いちべつ》したが、理由には触れぬようだ。

「いいから、述べよ」

佐波は座り込み、手近な皿から干し魚を摑む。

「昨日は自殺しそうな貴族を助けたんだよ」

「ほほう、穏やかではないな」

ひどく機嫌が悪そうな時行だったが、これには多少の興味を抱いた様子だった。

「貴族と言ったが、どこの誰だ？」

「七条《しちじょう》の夏山様って役人の家。知道様はご存知ですか？」

「夏山？」

ぴくりと知道が表情を動かした。

「そうか、夏山って、あの賄《まいない》の夏山か」

「え。そんな二つ名持ちなんて、もしかしたら有名な人なんですか？」

知道は少しばかりうんざりとした顔になり、提子《ひさげ》から杯に酒を注いだ。

「うむ、下級官吏ではあるが、仕事はそれなりだ。そのうえ、私腹を肥やすことにかけては抜群の技量を持っている」

「へえ……」

何だか判断に困る評価だった。

身なりや言動はどこにでもいる小役人だったものの、庭は見事だった。あれだけでも大貴族に匹敵するのではないか。

「わからないなあ。じゃあ、何で世をはかなんだんだろう？　俺が大犬丸に頼まれて縄を持っていったら、首をくくろうとしたんです」

「むう、確かにそこは腑《ふ》に落ちぬな。賄の夏山といえば金の亡者。使い切れぬほどの財を残しての自殺なぞ、天変地異の前触れかもしれぬぞ」

知道は腕を組んだまま続ける。

「おまけに、それはそれは美しい妻がいるそうではないか。金の力で、あれほど何人もの貴族を蹴落としてきたのだ。ここで自殺するような軟弱な輩《やから》ではない」

知らない相手のようだが、知道はびしっと断言する。

「な、何だか、すごい言われようですね」

「ここまで言うとは、知道はその男が好きではないのだろう」

時行は耳打ちするが、しっかり聞こえていたようだ。

「……ああ。夏山殿の妻は、俺の古い友人が通っていた相手でな。妻に娶《めと》るつもりだったが、それを夏山にかっ攫《さら》われたのよ」

知道は憎々しげに吐き出す。

「何でも、妻の父親の借金を全部肩代わりしてやったらしい」

「ふうん……そうなんですか」

よくある話ではあるが、それ以上に、知道の反応の冷たさが気になる。

「で？　そなたは夏山殿の自殺を止めたのか？」

「止めましたよ、もちろん」

それは当然だと佐波が胸を張ると、知道は見るからに呆れ顔で酒を呷《あお》った。時行さえも、「お節介が過ぎる。死にたいと申すのであれば、死なせてやればいいものを」などと口走る始末だ。

「いや、それも検非違使の仕事が増えて面倒だ。誰も知らぬ場所で死んでくれれば有り難い」

時行の冷淡さは予想ができていたが、知道の反応もかなり冷ややかだ。

「二人とも物騒だなあ。何かに操られてるみたいにふらふらしてたし、自分の届けた縄で死なれるのも、嫌ですけど」

佐波がぼやくと、知道は首を傾げた。

「相手による」

「だよなあ」

残念ながら、時行も知道もさっぱり同意してくれなかった。

「それで話は終わりか？」

「ううん。夏山様をうちに連れてきた頃には正気に戻って……話を聞いたら、妻の様子がおかしくて、間男がいるんじゃないかって悩んでいるうちに、なぜか首をくったみたいなんです」

「美女と評判の妻に浮気されれば、死にたくなるのは必定。何ら妙なところはないぞ」

「おや、知道。やけに実感が籠もっているではないか」

時行が棘《とげ》のある口調でからかうので、知道は頭を掻いた。知道も時行もまったく夏山本人には興味がないようで、話はあちこちに勝手に飛んでいく。

「で、それが酒の肴なのか？　山も落ちもないのだが」

「俺、噂のたおやめを見てきましたよ」

こうなれば仕方がないと、佐波はその件を切り出した。

「おお！　如何《いかが》であった？」

途端にずいと知道が身を乗り出すが、時行はまるで興味がなさそうに酒を飲み続ける。

「評判どおりの美人だけど、何だか魂を抜かれたみたいにぼーっとしてました。もっと話してみたかったんだけど、猫に邪魔されちゃって」

「猫？」

今度は時行がそれを聞き咎《とが》め、珍しく反応を示す。

「うん、猫。べたべたひっついてて、怖いくらいだった。まあ、俺が話しかけても答えてくれるわけもないけど」

「猫、か……」

小さな呟きを耳に留め、佐波は「猫？」と尋ねた。

「もしかして、唐土には猫の化生《けしよう》がいて、それが『山海経』に載っているとか？　ううん、そんなに都合がいいはずないよね」

「いる」

あまりにもさらりと同意されて、今度は佐波は目を丸くしてしまう。

「えっ」

「『山海経』に書かれた猫の化生は、二……いや、三種類だな。そのうちの一つが、『讙《かん》』だ」

「讙……」

まったくもって聞いたことがないし、知道も怪訝そうな面持ちだ。

「しかし、これは見た目こそ猫に似ているが、目が一つで尾は三つに分かれ…」

「一つ目だと⁉」

知道がびくっと竦《すく》み上がり、素っ頓狂な調子で時行の説明を遮った。

「何というおぞましい化生だ……まずいぞ、人を襲うのか⁉」

「知道、そなたが口を出すと話が進まぬ。暫《しば》し黙っておれ」

呆れた様子で、時行は扇を横に振る。

「俺が見たのは、普通の三毛猫ですよ。一つ目じゃないもの」

「では、違うか。讙は見た目こそ恐ろしいが、飼えば凶邪の災いを避けられ、食えば薬としての効果があるそうだ。人には危害を与えぬと言えよう」

「待て、化生を食べるのか？」

黙していろと言われたが、知道は口を挟まずにはいられぬ様子で身を乗り出した。

「そうだ」

「うぇえ、よく食えるな！」

知道の顔は少し蒼褪めており、それを誤魔化すように彼は酒を喰《く》らう。

「そもそも、我々人が住む領域を内側とすると、化生が暮らす場所は外側——つまりは異界だ。異界は危険なのが定説だろう？」

「異界とは、都の外のような場所か？」

「外にもちゃんと人が住んでるよ。蝦夷地《えぞち》みたいな、遠くの土地じゃない？」

佐波が突っ込むと、時行は曖昧に頷いた。

「いずれにしても、人のいる世界の外は、危険を冒してでも得られる素晴らしいものがあるところと見なされていた。そうでなければ、あえて外を冒険しようと考える者はいまい。かぐや姫も、求婚者たちに外の世界に宝物を取りに行かせたであろう？」

かぐや姫の話を聞いて、佐波はなるほどと同意する。

「つまり、危険と引き替えに手に入るのが薬ってこと？」

「そうだ。簡単に摑めるものであれば、貴重でも何でもないからな」

「なるほどなあ」

佐波だって、都の域外に素晴らしい宝物が眠っていると唆《そそのか》されれば、冒険の旅に踏み出すかもしれない。

「ほかに猫の如《ごと》きものとしては、『類《るい》』という化生もいる。姿かたちは野猫だが、人と同じ髪が生えている。肉を食べると、妬《ねた》みや嫉妬心が起こらなくなるとか」

「髪の毛は生えていなかったなあ……」

「おい、人間に都合のいい化生ばかりでもあるまい？　三つ目は何だ？」

そういえば、三種類と言われたばかりだった。

「最後は『梁渠《りょうきょ》』だ。これは山に住み、一番不吉な獣だ」

「どんなふうに……？」

「野猫に似ているが、頭は白く虎の爪を持つ。現れると、どこでも大戦争が起きたそうだ」

「足をぺしってされたけど、虎の爪って感じじゃなかった……と、思う……」

だんだん自信がなくなってきて、佐波の返答は歯切れが悪くなってしまう。

「それなら、ただの猫だ。それに、その猫はずっと昔から奥方が飼っているのであろう？　我らが厄災とは起きた時期が違うはずだ」

「あ、そうだよね！」

言われてみれば猫にも奥方にも、小鳥のみそはまったく反応しなかった。ならば、化生ではなく普通の猫と人間なのではないか。

「いずれにせよ、夏山たちにかかわるのはやめよ」

「どうして？」

「妙な病かもしれぬであろう。そなたに伝染《うつ》されては困る」

「もしかして、心配してる？」

「心配というと語弊がある。そなたは私の手足となって、都を見回ってくれねば埒《らち》が明かぬからだ」

ちらっと知道が何かを言いたげに時行を見たが、彼はその視線を無視する。そして、手を叩いて呼びつけた松葉に「夕餉《ゆうげ》を持ってまいれ」と促した。

「けど、放っておけないよ。夏山様の家は何かおかしいんだ。家人もどんどんやめちゃったらしいし」

「だとしても、そなたにはかかわりのないことであろう」

「…………」

釈然としないで佐波が黙り込むと、時行は深々とため息をついた。

彼は文机《ふづくえ》に向かい、紙にさらさらと何かを書きつける。墨が乾いたのを確認してから、それを佐波に差し出した。

「ほら」

「これは？」

きょとんとする佐波を見やり、時行は面倒くさそうに口を開いた。

「護符だ。何も持たぬよりはよかろう」

「え……ありがとう」

「そなたまで首をくったら、厄介だ。そうなれば、化生集めの人手を新たに探さねばならぬ」

時行の言葉はひどく素っ気なかった。

「これ、もう一枚くれない？」

「なぜ」

「夏山様にも渡したいんだ」

それを耳にした時行は、眉間に皺を寄せる。

「——かかわるのは本意ではないが……私が書いたと言ってはならぬからな」

彼はきわめて不本意そうな面持ちだったが、佐波のために更に護符を作ってくれた。

渡された二枚の護符を何気なく見比べると、書いてある文字が明らかに違っている。

「あれ？　何か模様が違わない？」

「これは……いいのだ。渡すときは逆にはするなよ？」

「うん」

何か効果に違いが生じるのだろうかと思ったが、聞いても説明してくれないはずだと佐波は黙り込む。

「おい、佐波」

それまで黙りこくっていた知道が話しかけてきたので、佐波はそちらに顔を向けた。

「時行はともかく、俺はその一件にはかかわれぬからな」

「どうしてですか?」

「無論、『山海経』のせいであれば、できる限り手助けもする。だが、あの男——賄の夏山は右府の一派なのだ」

「あ……そうか……」

同じ藤原家の流れであっても左右の大臣の仲の悪さはつとに有名で、庶民にまで聞こえてくるほどだ。

そういえば、時行は左大臣の隠し子との噂があると大犬丸が話していたではないか。ならば、右大臣一派とは不仲でもおかしくはない。

「そもそも、その男が首をくくろうとした木は、どういう由来なのだ?」

時行は話を逸《そ》らした。

「大きな樫で、もらいものだって言ってたよ。一月くらい前に、男たちが来て植えてったって」

「……ふむ。やはり、一月前では『山海経』を手に入れた頃とは合わぬ。どうあっても我々には関係のない話だ」

確かめるなり、時行は冷ややかに断じた。

「おい、時行」

「何だ」

「佐波にばかりずるかろう。私には護符をくれないのか？」

「は？　どうして必要なんだ」

時行は取りつく島もなく、知道はむうっとしたように眉を顰めた。

「俺だって怖いときはある」

「そなたは大丈夫だ」

「なぜ」

「腕が立つ。臆病なのは玉に瑕《きず》だが、可愛げと思えば、まあ、よい。おまえほど勇敢な男はおらぬ」

「…………」

知道は褒められたことにぽかんとしたものの、「そうかそうか」とにわかに相好を崩した。

にこにこしながら、照れくさそうに頭を掻く。

「ふふふ、何だ、おまえも私を買っていたというわけか。気づかなくてすまぬ」

「そういうところも、おまえのよさだ」

「そうであろうそうであろう」

知道は一息に機嫌がよくなり、時行の杯にどぼどぼと酒を注いでやった。

時々、どうしてこの二人の仲がよいのかわからなくなる。それでも一緒にいるのだから、佐波にはわからない居心地のよさなどあるのかもしれないが。

軽口を叩き合う二人を横目に、空腹が治まらない佐波も残りの魚に齧りつく。

「ふああ……」

さすがに昨日の疲れが残っているのか、腹がくちくなるとどっと眠くなってくる。

知道と時行は、こちらにはよくわからぬ政治談義に精を出しているようで、二人の話し声がまるで楽の音《ね》のようだ。

夏山様、まだ死にたがってるのかな……。

そんなことを考えながら、佐波は眠りの淵《ふち》に滑り落ちていく。

「それにしても、佐波はそれでいいのか？」

不意に、自分の名前を呼ばれた気がした。

何とか薄目を開けると、時行が酒を飲みながらごろりと横になっている。いつも四角四面な時行があんな格好をしているとは、夢かもしれない。

ちらりと知道に目を向けると、彼も同じように向かい合わせに寝転がり、肘を突いて自分の頭を支えている。

大の男二人が、まるで少年のような気安さで笑い合っていた。

「それでとは？」

答える時行は、大して興味もなさそうな口ぶりだ。

「ここに出入りするには身なりがなあ……。誰も見ておらぬとは思うが、もう少し何か、探してきてやろうか？」

「私はこのままでかまわぬが」

欠伸《あくび》混じりらしく、時行が生返事をする。

「そなたが気になるなら、任せようぞ」

「うむ、見繕ってこよう」

衣かあ……。

そういえば、夏山の妻の衣はとても綺麗で、その華やかさに、つい、目を奪われてしまった。

佐波があういう衣を身につけたら、この二人はどんな顔をするのだろう……？

何だか妙に楽しくなって、眠りに落ちたまま佐波は唇を綻《ほころ》ばせた。

三

「みゃううぅん」

築地塀で日向《ひなた》ぼっこする猫が、ごろごろと喉を鳴らしている。

「みゃーお」

佐波が猫の鳴き真似で返すと、猫はちらっとこちらを見、退屈そうに目を閉じた。

実際、都に猫は数多い。

時行の話によると、昔から日《ひ》の本《もと》にいたのは獰猛《どうもう》な山猫だったという。今、都でこうやっている猫は唐から連れてこられたのだとか。彼らは鼠《ねずみ》を退治するため、あちこちで飼われている。

時行の知識の深さには、正直、頭が下がる。一真もかなり物知りだったけれど、それを上回るだろう。

「おう、佐波」

葛葉小路の入り口で大犬丸に声をかけられ、佐波は「おはよう」と挨拶をする。

どのみち、すぐに夏山の家に行っても、彼が既に出仕して不在なのは予想がついた。大方の貴族は、夜明けとともに内裏《だいり》に出向くのが普通だったからだ。

そこで、佐波はまず葛葉小路に向かい、化生について情報を得ようと考えたのだ。

「一昨日《おととい》は夏山様のところに、あの縄を届けてくれたんだよな？」

大犬丸にしては珍しく、少し探るような口ぶりだった。

「うん」

「そうか……だよなあ」

大犬丸は顎を撫で、独りごちる。

「何かあったの？」

「じつは、また縄を頼まれちまってな」

「えっ！　俺、ちゃんと届けたよ」

横取りしたと誤解されるのも不本意で、佐波はついつい声を荒らげた。

「わかってる。もしまだ届かないなら、お代は払ってくれないよ。けど、縄なんてそうそう使うもんじゃないだろう？」

いかにも不可解な依頼に、大犬丸は不審げな面持ちだ。何か普請でもしているのならばともかく、普通の家では縄はそれほど必要ないだろう。

「夏山様が買いに来たの？」

「いや、部下とやらが代わりに来たんだ。届けておいてほしいと」

「じゃ、俺が運ぶよ。行きがかり上ってやつで」

どう考えても、注文の縄は自殺用だ。

だからこそ、前回の事情を知っている佐波が様子を見に行ったほうがいい。

「悪いな」

斯くして佐波は、再び夏山の家へ向かった。

土埃の酷い通りを歩きながら、眩《まぶ》しい陽射しに目を細める。

尤も、今日はこのあいだと違って、時行が書いてくれた護符を持っている。それに、空高く飛び、足許に影を落としているみそが心強い味方だ。

大丈夫だ。

なぜか、そんな根拠のない自信があった。

今日も夏山邸の木々は鬱蒼《うっそう》と茂り、まるでそこだけが黒々とした森のようだ。

「あの……」

佐波が門から声をかけるが、返事はない。

仕方なくそろりと足を踏み入れると「お」という声が背後から聞こえてきた。

「おや、佐波とやらではないか」

「夏山様。今、お帰りでしたか」

貴族は夜明けとともに出かけて昼ぐらいには仕事を終えて帰ってくるので、ちょうど帰宅の時間だったようだ。

佐波も夏山に直接護符を渡さなくてはいけないと思っていたので、ここで出会えたのは僥倖《ぎょうこう》だった。

夏山とともに、佐波は門を潜《くぐ》る。

「あの……また、お求めいただいた縄を持ってきたのですが……」

「おお、待ちかねておったぞ」

いつしか夏山の表情がどよんと濁り、縄の束《たば》を両手で掴む。

「わっ」

ぐいっと縄ごと引っ張られる体勢になって佐波がよろけても、夏山はおかまいなしだった。

「痛い、待って……」

夏山は強く縄を引き、強引に奪おうとする。

やっぱり、変だ。

夏山がおかしいわけじゃない。

だって、門前では普通だった。

この屋敷だ。ここに潜む何かが、夏山と妻をおかしくしているに違いない。

「な、夏山様、先にこれをお受け取りください」

佐波が懐をごそごそと探って取り出したのは、時行に作ってもらった護符だった。それを差し出したが、夏山は見向きもしない。落ち窪んでいるくせにぎらぎら光る殺気立った目は、佐波の肩にかかった縄だけを捕らえていた。

「紙切れなどいらぬ。その縄、早う寄越せ」

「いいえ、まずはこちらを」

舌打ちし、ずかずか近づいてきた夏山が、縄を肩にかけたままの佐波の襟首を掴み上げる。

「うぐっ」

苦しい……。

息が、できない。

凄《すさ》まじい力で襟首を締め上げられながらも、佐波は必死で手を動かす。そして、夏山の襟元に護符を捻《ね》じ込むのに成功した。

「…………」

途端に、ぱっと夏山が手を離す。

「おっ」

どさりとまるで荷物のようにその場に落とされ、佐波は顔をしかめた。

「いてて……」

「おお、佐波ではないか。どうしたのだ？」

今し方の乱暴が嘘《うそ》のように、夏山の声はのほほんとしている。

「どうって……」

噛み合わない会話にいい加減気味悪さを感じたが、夏山は本気で先ほどのできごとを覚えていないようだ。

「頼まれていた縄を持ってきたんですよ」

「縄？」

夏山は不思議そうに目を見開く。

「一昨日はともかく、今日もか？　左様な品を頼んだ覚えはないのだが」

「……ですよね」

薄々予想はついていたが、致し方あるまい。いずれにしても、時行にもらった護符はよく効いているみたいでほっとする。

「それより、急ぎ、出かけねばならぬ。悪いが妻を見張っていてはくれぬか」

「どうして？」

「外出したところを見計らって、間男が来るかもしれないであろう？　信頼できる者は今、そなたしかおらぬのだ」

時行にも金輪際かかわるなと言われているけれど、やはり、今の夏山は変だ。放っておけない。

「ではな」

護符のおかげかすっかり元気を取り戻したらしく、夏山は足取りも軽く門を出た。

残された佐波は深呼吸をしながらあたりを見回したが、見渡した限り庭はしんと静まり返っており、このあたりに特に異常はないようだ。

「お邪魔します」

そろそろと屋敷に上がり込むと、廊下がざらついていて、隅には埃が溜《た》まっていた。下人もいないのにいったいどうやって暮らしているのか、不思議になってしまう。

ととっと何かが近づいてきて、佐波の前で立ち止まった。

「ぶみゃーおう」

奥方の三毛猫だった。

「大丈夫だよ。君の主《あるじ》のご様子を見たいだけなんだ」

足許で威嚇するように鳴く猫に対して佐波は謝罪するが、猫は愛想がない。

「おまえ、想像よりも年寄りなのかもなあ……」

ただの三毛だと思っていたけれど、ところどころ、毛の色が薄くなっている。それで毛艶がいまいちなのかもしれない。

「ご主人様に渡したいものがあるんだよ。これ」

「ぐるる……」

「護符だよ。何か悪い化け物がご主人様を狙《ねら》ってる気がするんだ。だから、すごい陰陽《おんみよう》師《じ》に書いてもらったんだ」

「みゃう」

猫は一度鼻を鳴らしたが、佐波の行く手を阻んだりはしなかった。

もしかしたら、佐波が奥方の味方だってわかってくれたのかもしれない。

佐波がひたひたと進んでいくと、部屋の片隅には奥方が以前のように座っている。

白い細面を隠さず、几帳が風で捲れ上がるに任せていた。その顔は作り物のように美しかったが、驚くほど血の気がない。

「……あの」

佐波が声をかけても、やはり奥方は返事をしない。

これでは、生きているのか死んでいるのかすらわからない。

彼女がひどく気の毒に思えて、佐波は思わず自分の胸元に手を突っ込んでいた。

「これ」

佐波はそう言って、懐に入れてあった自分の護符を出した。

これがないと怖いけれど、夏山ばかりに気を取られていて、奥方に何か災いが降りかかったら胸が痛む。

幸い、自分には誰かが与えてくれた独鈷がある。時行の話では、あれが自分を守ってくれるはずだ。そのうえ、みそだってついている。佐波に何かあったら、時行に知らせてくれるはずだ。

一昨日は護符を持たずとも正気でいられたのだし、何とかなるに違いない。

「持っていてください。きっと、あなたを守ってくれるから」

どうせ聞いていないだろうけれど、佐波は奥方の襟元に護符を差し込んだ。

彼女はぴくりと身動《みじろ》ぎしたが、それきりだ。顔を見られたと知られたくないだろうと思い、それ以上話しかけずにすぐさま立ち上がった。

「帰るよ」

挨拶代わりに声をかけた佐波は猫に微笑《ほほえ》みかけると、さらりと几帳を潜り、中門廊に向かって歩いていく。

ちょうど外に下りたところで、自分が持ってきた縄につまずいた。

「うおっ」

はずみで腰に差した独鈷が転がり落ちる。

拾わなきゃ。

拾わなきゃ……ううん。

そうじゃない。

回れ右した佐波は今し方けつまずいた縄を手に取ると、それを肩にかける。そして、あの大木に近づいていった。

立派な枝ぶりの大木は、今日は花をつけていた。まるで血のように赤い、真紅の花だ。

いや、榧の花はもっと地味で、こんな見た目ではないはずだ。

樹皮に両手で触れてみると、このあいだよりもなまあたたかい気がした。

なのに、ちっとも気持ち悪いなんて思えない。

「そっか……」

待ってて、くれたんだ。

佐波が来るのを。

——親父……。

木に取りついた佐波はするすると樹上に登り、縄をだらりと垂らす。

今度は地面に下りて大木にしっかりと縄を巻きつけて固定し、作った輪っかの部分を引っ張ってみた。

思った以上に頑丈そうで、強度はちょうどよかった。

これなら、佐波の体重にも耐えられる。

「ぴいっ」

頭の上では、先ほどから小鳥が忙《せわ》しなく鳴いて騒がしい。そのうえ、足許には何かふさふさした感触があった。

……もふもふ？

視線を落とすと、なぜか真っ白な狐がおり、尻尾を佐波の足首に巻きつけて引っ張ろうとしているようだ。

狐……？　どうして狐が？

いや、どうでもいいではないか。

これで終わりだ。

知りたいことも、あったのに。何もかもわからないままか。

どうして男として育てられたんだろう？　本当のお母さんとか、お父さんとかいないのかな？　親父は何か、知ってたのかなあ。

それに、十二単《じゅうにひとえ》は無理だけど、華やかな裳《も》や袿も一度くらい着てみたかったな。髪は短いから、髢《かもじ》か何かをつけて。

ううん。

もう……どうでもいい。

佐波は縄の輪に首を突っ込むと、勢いをつけ地面を蹴った。

どさっ。

「わわっ⁉」

空が、青い。

すべてが反転し、佐波は勢いよく地面に投げ出されていた。

「いってええ……」

地面に寝転がった佐波の耳に飛び込んできたのは、おぞましいほどの悲鳴だった。

「ぐおおおおおおおおお」

「⁉」

凄まじい大音声に、一気に頭がはっきりとしてくる。

そうだ。自分は、首をくったのだ。

つまりは自殺。

「え、なに……？　ここ、極楽浄土⁉」

それにしては変な悲鳴が聞こえてくるし、どちらかといえば地獄っぽい……。

俺、何か悪いことしたっけ……？

性別を隠していたのが、閻魔《えんま》様に裁かれるようなとんでもない嘘だって思われているとか？

「どうしよう……」

いや、地獄に墜ちてから悩んでも仕方ないのだろうけれども。

動揺する佐波に向けて、青っぽい小鳥が飛んでくる。

小鳥は容赦なく、そのくちばしを佐波の額に突き立てた。

「うあっ‼」

それも一度ならず、二度、三度と。

そのうえ、両方の足首をがしっと摑まれて、誰かにずるずると引き摺られている。

「痛い、痛い、痛い……」

くちばしでつんつんとつつかれた佐波が声を上げると、やがて間近で「何をしているんだ」と呆れたような声が頭上から降ってきた。

「……知道様？」

「おうよ」

弓矢を持った知道は、佐波の傍らに仁王立ちになった。

ってことは、ここはまだ現世《うつしよ》……？

きょとんとする佐波を見下ろす知道の顔は真っ赤に染まっており、額には青筋を立てている。

「まったく、この愚か者め」

今度は時行が佐波の首に巻きついた縄を摑み、ぐっと引っ張った。

その足許には、見覚えのある一匹の狐が腰を下ろしている。

「う、うぇえ、締まるっ‼」

「そなた、首をくくったのだぞ！」

知道が声を荒らげる。

「嘘……」

「嘘などついてどうする。ほら、あれだ」

少し離れた場所から見ると、佐波がぶら下がっていたであろう縄は千切れている。どうやら、そこを狙って知道が矢を射たらしい。

放たれた矢は一本ではなかった。

もう一本の矢が、樹皮に突き刺さっている。

その鏃《やじり》が霊符を貫き、護符が樹皮に貼りついていた。

開いた穴からは、まるで血のように赤いものがどろどろと滴り落ちている。

あの花と同じ色だ。

「知道様、あれ……」

佐波が指さすと、初めて気づいたように知道はそこに目を向け、そして飛び上がった。

「な、なな、何なのだ、あの血は……」

「あれか？　あれは佐波を自殺に追いやった化生が流している血だ」

時行は静かに答える。

「いや、俺、まだ死んでないよね⁉　さっきみそにつつかれて痛かったし！」

「――残念ながら、そなたは未だに死んでおらぬ」

時行は朱《あか》い唇から息を吐き出し、首を左右に振ってみせた。

「どうして残念なの⁉」

「……あの、もし」

割って入ったのは、女性のか細い声だった。

三人がばらばらに振り返ると、そこには片手で猫を抱いた女性がひざまずいていた。彼女はどこか恥ずかしそうな様子で、袖で顔を隠している。

これは見てはいけないのだろうと、三人は視線を外した。

「我が屋敷において、これはいったいどのような騒ぎなのです？」

驚いたことに、口調はきわめてしっかりしている。先刻まで惚《ほう》けたように座り込んでいた女性とは、まるで別人だ。

「私は陰陽師。これは私の従者と、検非違使です」

「まあ、陰陽師と検非違使の方々が……何ごとでしょうか……」

彼女は愕然とした様子だった。

彼らが名乗らないのを佐波は不審に思ったが、時行は少しばかり強引に話を進めていく。

「近頃、夏山様のお宅では異変が起きていると聞き及んでおります。ここ十日ほどで家人が次々やめてしまったとか」

時行が尋ねると、奥方は小さく首を縦に振った。

「ええ……それは、そうなのです」

「それを調べるようにと夏山様は仰せでした。この木は誰からの贈りものだと伺っていますか」

息をするようにすらすらと偽りを述べても、時行は眉一つ動かさない。

「存じません。あの人が余所《よそ》からいただいたので」

「要は賄というわけですか？」

「さあ、私にはわかりません。そうした贈りものが多いものですから」

そこで一度言葉を切り、彼女はつらそうに息を吐いた。

夕陽に照らされて彼女の美しい容貌が露になったが、それを指摘するのは無粋に思え、佐波は黙っていた。

「この木はもとより、何者かの強い怨念が染み込んでいたのです」

時行の言葉を聞いて、廊下に座り込んだ奥方はすっかり血の気を失っていた。

「なんて恐ろしい……斯様《かよう》なものが、なぜ我が家に……」

「それは夏山様がご存知なのではありませんか」

時行は奥方の心持ちなどどうでもいいのか、淡々と言い放つ。

「ともあれ、そこの検非違使が調べてくれました。この榧を贈った男の息子は、この木で首をくくって自殺したとか」

「な」

ふらりと奥方の上体が揺れたが、彼女は柱に摑まって倒れるのを堪《こら》えた。

そういえば、知道も時行も言っていた。

夏山は賄で知られており、出世のためには乱暴な手立てをも使う。

目前に佇《たたず》む見目麗しい奥方も、父親の借金を肩代わりして強引に娶ったそうではないか。

あちこちで恨みを買っていても不思議ではなかった。

「無論、それだけでは呪いの木は生まれません。運が悪いことに、怨念に引き寄せられ、ついこのあいだ、花魄《かはく》という邪《よこしま》な化生が取り憑《つ》きました。それがあなた方を狂わせたのです」

引き寄せられた化生に覚えがありすぎて、佐波は思わず首を竦めた。

「花魄が宿った木では、幾人もの人間が理由もなく首をくくる。そばにいるだけで、花魄の発する邪気に当てられてしまうのです。そしてそこで死んだ人々の怨念が、更に花魄を強大にする」

「信じられませんわ……」

か細い声で奥方が囁《ささや》き、足許の猫を抱き上げた。猫はごろごろと喉を鳴らしており、不愉快ではなさそうだ。よほど奥方を好きなのに違いない。

「あなた自身、近頃のことはよく覚えていないのではありませんか?」

「ええ、そうなのです。何だか日ごとにぼうっとしてしまって」

彼女は申し訳なさそうに目を伏せ、いかにも頼りなげな様子だ。

あたかも可憐《かれん》な菫《すみれ》のようで、知道など頰を赤らめている。

「下人たちは、いち早くこの家に蔓延《まんえん》する邪気に気づいて、命からがら逃げ出したのでしょう。忠実にあなたを守っていたのは、その猫です」

「猫?」

彼女は怪訝そうな目つきで、腕の中の三毛猫を見下ろした。

「あなたが木に近づかないように、常に見張っていたのでしょう。その猫は、生涯大事になさるように」

「この子が……私を守ってくれていたとは。ふふ、女の子なのにまるで武士《もののふ》だわ」

奥方はそこで初めて唇を綻ばせ、さも愛《いと》おしげに猫の頭を撫でた。

猫は「にゃうん」と甘えた様子で鳴き、彼女の指や掌《てのひら》に鼻面を押しつける。

「さて、この木は我々が始末します」

「如何《いかが》いたしますの？」

心配そうに彼女は表情を曇らせる。

「私は陰陽師です。造作もありません。ですが、あなたはご覧にならないほうがよいでしょう」

「……いいえ。私もまた、この木に誑《たぶら》かされたのであれば、最期を見届けとうございます」

想像以上に凛《りん》とした返事が戻ってきて、時行は「かしこまりました」と答えると、それ以上は止め立てしなかった。

しんと静まり返る中、時行が背筋をぴんと伸ばし、気息を整えるのがわかる。

優美に振り返った時行は、胸元から呪符を取り出す。

そして、それをぴたりと樹皮に押しつけた。

神楽《かぐら》でも舞っているかのような、どこか神聖で、それでいて艶やかな動きだった。

「アアアアアアアアア‼」

途端に木の内部から、激しい悲鳴と怒号が聞こえてくる。

さっき佐波が聞いたのは、花魄の悲鳴か！

それは太い幹の内側で反響し、谺《こだま》にも似ていた。

男のような、女のような。若者のような、老人のような。ありとあらゆる呪詛《じゅそ》を詰め込んだようなおぞましい声が、絶え間なく耳を突く。

「と、時行……」

さすがに不安に駆られて佐波は時行を見やったが、彼はいっさい気にしていない様子で、口許に薄い笑みを浮かべた。

時行は落ち着いた調子で九字を切る。

「謹《つつし》んで皇天上帝《こうてんじょうてい》、三極大君《さんきょくたいくん》、日月星辰《じつげつせいしん》、八方諸神、司命司籍《しめいしせき》、左東王父《さとうおうふ》、右西王母《うせいおうぼ》、五方五帝、四時《しいじ》四気を勧請す――」

あのときと同じように、時行の祝詞《のりと》は続く。

「うあああ、あああ……ああ……」

次第に木の叫び声は小さく、弱くなっていく。

背筋を伸ばした時行の周囲は、そこだけ清澄な空気が漂うようだ。

そのあいだも時行の祝詞は朗々と紡がれ、最後にあの巻物を懐から取り出した。

「……――っ」

ぱあっと何かが光り、椢の木から小さな玉のようなものが浮かび上がる。

目映《まばゆ》い光が、目を射貫《いぬ》く。

眩しい……!

時行がするすると広げた巻物――『山海経』の中に、それは吸い込まれていく。

そして、それきり、樹木からの恐ろしい声はぴたりと止《や》んだ。

「――これでよい」

時行は涼しげに微笑み、巻物をくるくると巻き取りながら振り返る。

「あとはこの木を始末なさるべきでしょう。根こそぎ切り倒し、できれば火にくべて灰にしてください」

「はい」

気圧《けお》されたように奥方が頷いたとき、漸く、あたふたと夏山が帰ってきた。

「お、おい、おまえ！　斯様なところに顔を出して、いったい、何があった⁉」

汗みずくの夏山は、奥方を部外者たちに見せまいとし、両手を広げて彼女の前に立ちはだかる。

「……この方々が、化け物を退治してくださったのです」

くぐもった声だったが、確かにそう聞こえた。

「何だと……⁉」

夏山は目を見開き、ついで佐波を認めて「むう」と口籠もった。

「佐波ではないか！　そなたが呼んだのか？」

「はい……夏山様が気にかかって、友に相談したのです」

佐波がちらっと時行に視線を流すと、神妙な顔の時行があとを引き取った。

「私は陰陽寮《おんようりょう》の安倍時行だ。詳しいことは御許に伺うがよかろう」

「なに……？」

夏山は疑り深そうな目つきだったが、時行は首を微《かす》かに振った。

「――そなたは右府殿に与《くみ》するもの。我々がかかわりを持てば、いささか厄介なのだ」

どちらかというと今のできごとを説明するのが面倒なのではないかと佐波は訝《いぶか》ったものの、突っ込むと藪蛇《やぶへび》になりかねない。

存外素直に夏山は首肯し、奥方の手を取る。

「ふぎゃあっ」

途端に夏山は悲鳴を上げ、奥方から飛び退いた。

「あなた様⁉」

その二人の様子を目にして、時行は思い出したように肩を竦めた。

「そういえば、佐波、そなたの護符をあの方に渡したであろう」

「あ、うん」

「あれは虫除《むしよ》けも兼ねているのだ。返してもらえ」

虫除け？

よくわからないまま、佐波が奥方に「あの」と話しかける。

「すみません、俺の護符、返してもらえますか？」

「ああ、こちら……ありがとうございます」

「……いえ」

彼女が佐波に護符を手渡してから、そっと夫に寄り添う。今度は何も起きず、佐波は首を傾げた。

「おまえ……見違えるように顔色がよくなったではないか」

夏山はいかにも嬉しそうで、表情は明るかった。借金のかたに得た妻であったとしても、彼らのあいだにはやはり絆《きずな》はあるのだろう。

「ええ、そのうえ、とてもお腹が空いてまいりました」

「それは重畳《ちょうじょう》！　一度外に出て、何か買ってこようか」

そんな会話をしながら家の中に入っていく彼らを見送り、時行は息をついた。

「あの木はどうするのだ？」

「花魄そのものは巻物に戻したし、今のあれは怨念の塊という程度だ。火にくべても問題はない」

時行は淡々と言った。

「花魄は、写《うつし》によっては『山海経』に載っていたりいなかったりと、さまざまらしい。そなたが買いつけてこさせたのも、そうしたものの一つであろうな」

「もともとの恨みに花魄が加わって、めちゃくちゃ力が強くなったってことか」

「そうだ。おそらく、木に宿っていた怨念が花魄を呼び寄せたのだろう」

それで辻褄《つじつま》が合うと、佐波は遠巻きに花魄を見つめる。

木はどことなく生気を失い、それこそ魂が抜けてしまったかのようだった。

今はもう、ぞっとするような禍々しさは感じられない。

「ねえ、どうして俺が危ないってわかったの？　護符を書いてもらったから？」

「たまたまだ」

「えっ⁉」

狙い澄まして来てくれたのではなかったのか……。

だとしたら、一歩遅ければ死んでいた恐れがあるではないか。

「この屋敷に何かあるだろうとは見当はついていたが、手がかりがほとんどないときている。それで、知道にやめた下人を探させて、誰から贈られたものかを調べさせていたのだ」

「ああ……」

下人はそう簡単には京の都から出ないので、新しい勤め先はすぐに判明したのだろう。

「朝から都を駆け回ったぞ。人騒がせなやつめ」

「……ごめん」

「お人好しにもほどがある。次は気をつけろよ」

知道はこつんと佐波の額を叩いた瞬間、「ふぎゃあああ」と野太い悲鳴を上げた。

「知道様⁉」

「うお、お……おおお……」

いったい何が起きたのか、知道はびくびくと震えている。

「ああ、すまぬ。佐波、その護符を渡せ」

「これ、虫除けって……どんな虫なんですか⁉」

どちらかといえば、人除けになっているような……？

「ふん」

時行は鼻を鳴らし、佐波の手から護符を奪った。

「知らずともよい」

「何だ？　よくわからんな」

気を取り直したらしい知道が地面に落ちていた独鈷を拾い上げ、佐波に手渡す。

「大事なお守りだろ」

「うん……」

「まったく、迂闊《うかつ》なやつだな。帰ったら紐くらいくれてやる」

時行は少し腹を立てたような口ぶりで言うと、そのまま足早に歩きだした。

するりと門を抜け、立ち止まる素振りすら見せない。

「ほら、怒ってるじゃないか」

慌てて追いかけながら、知道はため息をつく。

「何で、あんなに怒ってんですか？」

佐波が一人で呟くと、知道が今度はぽかっと頭を叩いた。

「我々が一歩遅ければ、そなたは死んでたんだ。腹も立つに決まってるだろうが」

ついで知道の大きな手でぐりぐりと頭を撫でられ、佐波は目を見開く。

今度は、知道は何ともなかったらしい。

「まあ、いいさ。今回の件では私からの褒美があるからな」

「えっ、本当ですか⁉」

「ああ、楽しみにしておれ」

もしかしたら、あの晩に話していた衣とか……？

夏山の奥方のように、美しい袿を着てみたいという佐波の気持ちが、いつの間にか知道に通じていたのだろうか。

自分が少女であることにも気づいていない様子だったのに、どうして。

「あれ？　さっきの狐は？」

「狐？　ああ、時行の式神か？」

「あれって式神だったんですか？」

「昼日中から、都で狐がうろうろしているわけがないだろう？　あれは時行が趣味で放ってるんだ。時行の目となり耳となるとかでな」

「そうだったんだ」

佐波はなるほどと頷く。

だったら、幔幕の外から佐波を見張っていたのは時行だったのか……。

西鴻臚館から、時行の屋敷まではそれなりに距離があった。

「ただいま」

松葉に挨拶をすると、彼女はにこりと微笑を浮かべる。

「さすがだな、もう用意ができているのか」

知道は嬉しげに弾んだ声を上げる。

廂には既に酒器やら食べ物が用意され、見ているだけでお腹がきゅるきゅると鳴った。

三人で車座に座ったところで、知道が咳払いをした。

「松葉、あれを」

「はい」

上機嫌になった知道が、松葉に何かを運ばせてくる。

「これが褒美だ」

かたりと箱を目の前に置かれて、佐波はちらっと知道を上目遣いに見やった。

「開けていいのですか？」

「そなたのものだ」

これって、前に話していた衣？

自分のような身分のものに、美しい袿が与えられる……とか？

夢みたいだ。

ぱかり。

漆《うるし》塗りの箱の蓋を開けた佐波は、目を見開く。

「……狩衣……？」

二藍《ふたあい》に染められた狩衣は、確かに若々しい色味で美しい。

だが、狩衣であって憧れていた袿ではないのだ。

「私の弟が、幼い時分に着ていたのだ。古いがものはよい」

「…………」

唇を結んだ佐波はむうっと時行を睨むが、彼は微かに肩を震わせながら酒を口に運んでいる。

「……気に入らなかったか？」

知道が困ったように首を傾げたが、佐波は「いえ」と首を振った。

「ありがとうございます、知道様」

「うむ、うむ、気に入ってくれたか！　よし、着てみるがいい」

ここで落胆した素振りを見せれば、知道の好意を踏み躙ってしまう。佐波は何ともいえない気持ちのまま、狩衣に袖を通してみる。

初めて身につける狩衣はやわらかく、いい匂いがした。

貴族の匂いって、こんな感じなんだ。

「どう、ですか」

おずおずと狩衣を纏った佐波が振り返って知道を見やると、彼は目を輝かせた。

「似合うではないか、佐波！」

それがとても嬉しげな様子だったので、こちらの気持ちまで上向きになってくる。

「本当？」

「いっぱしの若君にも見えるぞ。この家に出入りしても疑われまい」

知道の華やかな笑顔に毒気を抜かれつつ、佐波はそろそろと狩衣を脱いだ。

「どうだ、時行」

「気に入らぬのなら、売ったらどうだ？　葛葉小路でなら売れよう」

「えっ⁉」

からかうような時行の提案に、佐波は目を瞠る。

「おい、せっかく似合ってるのに売らせてどうするんだ」

「……売りません」

佐波は強い決意を込めて、そう答えた。

「おや、よいのか？」

「俺へのご褒美だから……絶対、売りません。大事にします！」

欲しかったものとは少し違うけれど、それでも、やっぱりとても——とても嬉しい。

知道なりの優しさがこの衣に表れているのなら、何よりも素敵なご褒美に思えるのだ。

そう考えると胸のあたりがふっと軽くなり、佐波は笑みを浮かべて狩衣を丁寧に丁寧に畳んだ。

もふもふ余話

朝の涼しい風が、佐波《さわ》の身体《からだ》を包み込む。

ぽっかぽっかとのんびりとした足音を響かせ、二頭の馬が田舎《いなか》道をゆっくりと進んでいた。

「お、お尻が痛い……」

もちろん馬には鞍《くら》がついているものの、早くも、太腿《ふともも》やあちこちが悲鳴を上げている。

馬に乗るのはこんなに大変なのか。

「情けない。これくらい簡単ではないか。しかも、山道ではなく斯様《かよう》に平坦な道だぞ」

事もなげに言った藤原知道《ふじわらのともみち》は、貴族だけあって乗馬姿も様になっている。そうでなくとも、検非違使《けびいし》として都を駆け回るので、慣れていなければ困るのだが。

「だって、乗ったことないんだもん……」

「すぐに慣れる、案ずるな」

知道は動きやすく気軽な狩衣《かりぎぬ》姿で、佐波も騎乗する以上は粗末な格好はできないので、もらったばかりの質素な狩衣を身につけていた。

髪を結って烏帽子《えぼし》をつけると、それなりに貴族らしく見えるようだった。

知道は念のためか太刀と弓矢を装備しているので、どこかものものしい。

「それにしても、その馬はよくできているな」

しげしげと眺めているらしく、知道はさも感心した様子だった。

「式神だから暴れたりしないみたいなんですよ。すごいなあ」

「絶対に？」

疑り深く聞かれても、佐波は首を傾《かし》げる。

「さあ……でも、危険に対しても備えがないから、気をつけたほうがいいって」

「危険とはいえ、問題はいなごであろう？」

自分だってかなり勇壮な衣装のくせに、ふん、と知道は鼻を鳴らした。

「そうだけど、農民にはいなごの害は切実ですから」

佐波たちが安倍時行《あべのときゆき》に外出を命じられた理由は、意外にもいなご退治だった。

どうやら、都の外側にある荘園の一つでいなごが異常発生しているらしい。大量のいなごに襲われ、作物の被害は甚大だとか。

そしてそのいなごは、近隣のほかの荘園ではほぼ観察されていないのだという。

おそらくいなごを呼ぶ怪異が住み着いているので、それを連れて帰れとの命令だ。もちろん、佐波たちが反閇《へんばい》を踏んで封じるなんて真似《まね》は到底無理だから、時行が呪力を込めた籠《かご》を用意してくれていた。

「俺、このへんまで来たのは初めてです」

「うむ。よほどのことがない限り、皆は都からは出ないからな」

「せっかくなら、時行も来ればよかったのに」

「あいつは出無精なのだ。まったく、一緒に来てくれれば、あやかしを封じる手間もかからぬだろうに」

はあ、と知道は憂鬱そうに息を吐く。

やっと余裕が出てきたので、佐波は腰にぶら下げてあった竹筒を持ち上げて水を飲んだ。

気温が上がってきたからか、水はぬるくなっている。

「せっかくだから、いなごを少し取っていきましょうよ。お土産《みやげ》に」

「土産？　いなごを？」

不思議そうに問われ、佐波は「美味《おい》しいですよ」と答えた。

「まさか、あんな奇っ怪なもの食べるのか？」

げっと呻《うめ》いた知道が、頓狂な声を発した。

「あれば食べますよ。市場でも売ってるし」

「ぬう……そうか……庶民はなかなかに面白いものを食すのだな……」

知道は気味悪そうに頷《うなず》いた。

――『山海経《せんがいきよう》』には、いなごを呼ぶ化生が描かれているのだ。

昨日の夜、時行のそんな言葉から今回の外出が決まった。

――その状は莵《と》（うさぎ）のごとくにして鳥喙《ちょうかい》・鵄《ふくろう》・蛇尾《だび》なり。人を見れば即《すなわ》ち眠る。見るれば即ち螽蝗《しゅうこう》（いなご）敗をなす――とある。すなわち、それが犰狳《きゅうよ》だ。

「犰狳《あらわ》、ねえ……全然想像もつかないけど」

「うむ……って、おい‼」

知道が悲鳴を上げたのは、ぶうんと音を立てて何かが飛んできたせいだった。

「何ですか？」

「何かが背中に当たったぞ」

「ええ？」

いや、何かじゃない。

佐波の背中にも、何かがこつんとぶつかった。

「知道様、ふざけないで……」

まるで礫《つぶて》を投げつけられたように、小さなものが次々と背中にぶつかってきた。

それに、この音。

乾いたぱさぱさという音が、近づいてくる。

「⁉」

と、一気に頭上が掻《か》き曇った。

「何事だ⁉」

何かが空から落ちてきて、顔に当たった。

訝《いぶか》しみつつ右手で受け止めてみると、それは、黒っぽい昆虫――いや、いなごだった。

次から次へといなごが飛来し、佐波たちにぶつかる。

「わ、わ、わわっ」

あの頭上の黒雲は、全部いなごなのか……!?

ばさばさばさばさ。

いなごの大群が起こした風が、佐波たちを馬ごと包んでしまう。

痛い。顔や手に固いいなごがぶつかり、額や頬を遠慮なく擦《こす》った。

視界を妨げられて地面さえ見えなくなり、たじろいだ佐波は思わず独鈷《とっこ》を握り締める。

全身にびしびしと勢いよくいなごが体当たりし、馬の耳にもいなごが入り込む。

「ひひーん！」

さすがに式神であっても耐えかねたのか、馬が前肢《まえあし》を跳ね上げた。

「うわああっ」

一瞬、だった。

ぐらりと大きく均衡を崩した佐波は、馬の背から転げ落ちてしまう。

「いてて……」

地面に落ちてしまった佐波は手綱を摑《つか》み、とりあえず馬を宥《なだ》めるためにその背中を撫《な》でる。

「よしよし、いい子だから」

けれども、それも気休めだった。

いなごはここからいなくなるどころか、だんだん増えていく。

空はすっかりお天道様が覆い隠されてしまい、まるで夜だった。

「佐波、どうする？」

「このままじゃどこにも進めない……あっ」

あたりを見回した佐波は、土手を上がったところに小屋が建てられているのに気づいた。

「知道様、あれ！」

「む」

「あそこでやり過ごしましょう」

やり過ごせるかはわからないというのはさておき、外にいてもいなごに襲われるだけだ。

「そうだな」

二人は馬を手近な木に繋《つな》ぐと、必死で土手を駆け上がる。時折いなごの鋭い手脚が佐波のほっぺたや腕を引《ひ》っ掻《か》いたが、気にしてはいられない。

何とかして這《は》い上がると、小屋の入り口を探す。粗末な建物は幸い戸締まりが厳重ではなく、すぐに戸が開いた。

ばたん！

中に入ると戸を閉め、佐波ははあっと息をつく。

小屋は道具入れになっているらしく、薄暗い中、簡素な農具のたぐいが雑然と置かれている。

「大丈夫ですか？」

「うむ……何というおぞましさだ……」

知道はさも気味が悪そうに身を震わせた。

「あそこまで多くのいなごがいては、この荘園では秋の収穫は望めまい」

「信じられません。あれも化生《けしょう》の仕業なのかなあ？」

そこで佐波は、知道が戸口に立ち尽くし、目をまん丸にしているのに気づいて首を傾げた。

「あの、知道様？」

「さ、佐波……」

「はい」

「あれじゃないか⁉」

小屋の片隅に、何かがいるようだ。灯《あか》りが欲しいと、佐波は懐を探った。

「ええっと、暗がりではこっちの呪符だっけ……」

佐波が時行に渡されていた呪符を掲げると、ぽわっと松明《たいまつ》のように明るくなる。

そこにいたのは、見たこともない獣だった。

鳥のくちばしっぽい口に、ぱっちりとした目。淡い黄色っぽい身体の色で、黒い目がくりくりとしている。聞いたとおりに尻尾《しっぽ》は蛇のようだが、何ていうのか、奇妙な生き物だ。

——なのに。

「か、わ、い————っっ」

佐波は思わずそう声を上げてしまう。

「うむ、うむ、たいそうかわゆいのう……‼」

知道も感極まった様子でうんうんと何度も首肯する。

表現し難い愛らしさに、佐波の好奇心はあっという間に膨れ上がる。

のろのろとこちらを向いた獣は目を丸くし、そして、ぱったりと倒れた。

「ん？」

「どうした⁉」

まさか驚いて死んでしまったのか。

慌てて二人が近寄ると、尻尾だけはぴくぴくと動いている。

「寝てる……ようだな」

「寝姿も愛らしいですね！」

「おお、愛《う》い！」

尻尾を抱き込んで丸まった姿もまた、びっくりするほど愛くるしいのだ。

「これが犰狳か」

「たぶん」

時行に言われていた特徴と、ぴったり一致している。

「初めて私でも相対できそうな化生に遭遇したな。ふさふさのほうが嬉《うれ》しいが、この際贅《ぜい》沢《たく》は申すまい」

「確かに、もふもふはいいですねえ！」

「しかし……これでは可愛すぎて退治するのが気の毒すぎるぞ」

犰狳を前に語らっているうちに、いつの間にかいなごがいなくなったらしい。外が明るくなってくるのがわかった。

「おお、これは重畳《ちようじよう》……やつらも去ったようだな」

そのとき、かたりと外側から戸が開いた。

「！」

咄嗟《とつさ》に犰狳を隠すために入り口に背を向け、首を捻《ひね》って後ろを見やる。

佐波の目に映ったのは、ぼろぼろの貫頭衣を身につけた少年だった。

「誰？」

唐突に問われ、佐波は「ええと」と笑顔を作る。

もしかしたら、農具泥棒か何かかと疑われているかもしれない。

「お役人の命令で、都から来たんだ」

「役人？　な、何で？」

警戒心も露《あらわ》に、少年はじわっと一歩後退《あとずさ》る。

「この子、君が飼っているの？」

その視線は忙《せわ》しなく地面をさまよい、何かを探しているようだ。

振り向いた佐波が抱き上げた狁猹を示すと、少年は観念した様子でこくりと頷いた。

「見たことがない獣だね」

「……拾った」

「残念だけど、この子は、悪い子なんだ。この子がいると、このあたりの荘園にいなごが増えちゃうんだよ」

「知ってる」

ぶっきらぼうにいきなりそう言われて、佐波はびっくりした。

「知ってるの？」

「そいつが目を覚ますと、いなごがいっぱい出るんだ」

どこか捨て鉢な口ぶりに、佐波は知道と顔を見合わせる。

「だって、君、ここらへんの農民の子だよね？　いなごが増えたら困るんじゃない？」

「頑張ったって、全部税で取られちゃうんだ。収穫なんてどうでもいい。俺たちの暮らしは、何も変わらないよ」

吐き捨てるような声に、佐波は困惑してしまう。

「おにいちゃん……？」

開いた戸の向こうから背後からか細い声が呼びかけてきて、少年ははっと顔を上げた。

「来ちゃだめだ！」

それもものともせず、入り口に細い影が伸びた。

「馬鹿、帰ってろ」

「誰か、いるの？」

するりと隙間から入り込んできたのは、目のぱっちりとした幼児だった。同じように粗末な貫頭衣を着ていて、瞳がきらきらと光って愛らしい。

「弟？」

「そうだよ。それで？　お役人は、俺を捕まえるの？」

少年にむすっとした顔で返事をされ、佐波は眉を顰《ひそ》めた。

「そんな無体はせぬ。この獣をくれぬか？」

答えたのは知道だった。

「害をなすとはいえ、この動物がそなたのものであるなら、連れ帰っていいかは、そなたに聞かねばならぬ」

凛《りん》とした態度だが、知道の声は優しい。

そういえば、弟がいるって言ってたっけ……。

「やだ」

きっぱりと言い切られて、佐波は思わず知道の顔を窺《うかが》った。

しかし、知道はまるで動じていない。

落ち着いた様子で彼は膝を突き、少年と目を合わせた。

「――私がそなたの弟だったら、どんな理由であれ……そなたが飢えるのは見たくないと思うぞ」

「え？」

「そなたはきっと、自分の食べるものも弟に分け与えているのだろう？　そうでなければ、その子がふくふくとすまい。優しい兄君だな」

「………」

一瞬、悔しげな顔になり、少年は視線を床に落とした。

「家族に悲しい思いをさせるのは、感心はせぬ。荘園主に言いたいことがあらば、もっと別の手段を執るがよい」

年少の者の務めだ」

「そなたはまだ幼いゆえ、今は無理かもしれぬ。だが、十年、二十年経《た》てば、おそらく世の中は変わる。変わらずとも、そなたたちが変えればよい。それまでは健《すこ》やかに育つのが、年少の者の務めだ」

「………」

少年は唇を噛《か》んでから、「いいよ」とぶっきらぼうに答えた。

「やるよ、あんたらに。もう、それはいらないから」

「ありがとう！」

思わず佐波が声を震わせると、彼は「ふん」とそっぽを向く。

それから「帰るぞ」と弟に声をかけると、二つの足音は遠ざかっていった。

「やれやれ」

知道はふうっと息を吐き出した。

「知道様、すごいですね！」

「素直な子で助かった。これで犰狳を時行に見せられるぞ」

「俺、籠を取ってきますね」

「うむ」

土手の下に知道の馬が繋がれていたので、背中に乗せていた籠を取ってくる。

まだ眠っている犰狳を持ってきた籠に入れて、その上から呪符を貼れば仮の封印ができあがりだった。

「これで犰狳が目を覚ましても大丈夫だぞ」

「はい！　だけどこの子、『山海経』に封じられちゃうんですよね……」

「こんなに可愛いのになあ……」

知道はしみじみとぼやく。

「説得しましょう！」

佐波はきりっと顔を上げた。

「説得？」

「はい。みすみす封じられるなんて、俺、我慢できません。都にはいなごもいないし、もしかしたら時行の家で飼えるかも！」

「おお……おお、そうだな！」

素晴らしい思いつきとでもいうように、知道は大きく頷いた。

❁・❁・❁

「ただいま‼」

戻った佐波が元気よく声をかけると、文机に向かっていた時行は振り向きもせず、「早かったな」とさらりと言った。

「簡単な仕事だったもん」

佐波に続いて、籠を抱きかかえた知道が部屋に入ってくる。

「どうであった？」

「もちろん、やり遂げたよ。ねえ、知道様」

声をかけたそのときだった。

びしびしっと妙な音がしたと同時に、何かが部屋に飛び込んできた。

黒く、固い殻に覆われた虫。

いなごだった。

振り返った時行の額に、いなごがぶつかる。一匹、二匹……あっという間に部屋の中にいなごが溜《た》まっていく。

「知道！　封印を解いたのか⁉」

さすがの時行もぎょっとした様子で声を上擦らせる。知道の足許には、破られた護符が落ちていた。

「い、いや、だって……こいつを見ればおまえも封印なんてする気がなくなるかなって」

膝立ちになった知道がそろそろと自分の袖で隠していた狆猔を披露すると、時行が深々と大きくため息をついた。

「この馬鹿どもが。化生に惑わされてどうする」

だめだ。時行に犰猞の愛くるしさが通用していないのなら、自分も加勢しなくては。

「時行、この子、不細工なところが妙に可愛いんだ。だから、うちで飼っちゃだめ？」

「佐波まで如何《いかが》したのだ。まさかこの獣、魅了の術でも持っているのか？」

時行は首を傾げ、慌てた様子で巻物を広げる。

「あるよ、絶対。とても可愛いもん」

にこにことする佐波の額や頬、首や身体にびしびしといなごがぶつかるが、犰猞の愛らしさの前には痛みも感じなかった。

「おまえたち、現にいなごに襲われてるのに何を愚かな……」

「飼いたい！」

「佐波の気持ちはわからんでもないぞ。このぬめっとした尻尾につぶらな目、化生が苦手な私にも十分可愛く思えるからな」

腕組みをし、犰猞を目の前にした知道はでれでれと脂下《やにさ》がる。

「まったく……こんなできそこないの猫のような獣のどこがよいのか。確かに、妙な愛《あい》嬌《きよう》があるのは認めるが……」

呆《あき》れ返った様子で、時行は息を吐き出した。

「仮にこれが可愛いとしても、あくまで人に害をなす化生だ。この馬鹿二人めが！」

時行が珍しく声を荒らげると、知道が自慢げに抱き上げた犰狳の額にびしっと霊符を貼りつけた。

「えっ」

途端に犰狳が光を放ち、広げられていた『山海経』に吸い込まれていく。

さすがに三度目ともなれば、見慣れた光景だった。

「あーッ!?」

知道が悲痛な声を上げた。

時既に遅し。

犰狳はあえなく『山海経』に封じられてしまっていた。

「そもそも、いなごは失政の象徴。斯様な虫が都を飛び回っていたら、帝《みかど》に対する悪い評判が立つであろうが」

「そうなのか？」

知道が首を傾げたので、時行は顎で二人に座るよう促した。

「不勉強が過ぎる。そこから講義してやろう。座るがよい」

しょんぼりしつつも、佐波は言われたとおりにその場に腰を下ろした。

仕方なさそうに、知道もそれに倣う。

二人の前に立ちはだかり、時行は細い眉を吊《つ》り上げた。

「彼《か》の国は昔は漢《かん》という名の国だったが、そのあいだに二十回ほどいなごの害が記録されている。唐になってからは、儒者が『祭礼を怠るからいなごの害が起きる』とも述べたそうだ。祭礼と天変地異には大きな関係があるといってよい。それはこの日《ひ》の本《もと》も同じだ」

「あ！　だから、宮中はすごく神事が多いの？」

佐波の言葉に、時行は「そうだ」と同意する。

「唐《とう》の時代は皇帝である太宗《たいそう》がいなごを呑《の》み込んで蝗害《こうがい》——つまりいなごの害を止めた、という記録もあるらしい」

「お……おお……これを呑み込むのか……」

途端にひどく蒼褪《あおざ》めた顔つきで、知道がぼそりと呟《つぶや》く。

「あちらでは昔から、蝗災、水災、旱災《かんさい》を三大災害と呼び習わす。すなわち、いなごの害、水害、旱《ひでり》だ。唐土《もろこし》では、それほどまでにいなごが恐れられているわけだ」

「う、うん」

教養がある知道は理解しているようだが、佐波としてはだんだん眠くなってきた。

「いなごという漢字は、虫へんに皇帝の皇と書く。皇帝とは、あちらの国の帝のことだ。帝がどのようにいなごの害を防ぐかに皇帝の命がかかっているというのが、いなごという字の成り立ちだという説もある」

「へえ……」

知道は感心したように頷いた。

「要するに、唐土において、いなごの蔓延は失政の象徴だ。この国でも、大きな災害は同じ意味を持つ。下手をすれば、それを理由に今上に難癖をつける輩《やから》も出るかもしれん。そこから国が乱れたら、私には責任は取れぬ。だからこそ、犰狳の可愛らしさに惑わされてはいけないのだ」

こういうときの時行は、眩《まぶ》しいくらいに真《ま》っ直《す》ぐだ。

この国を乱すもの、民を苦しめるものは絶対に許さない——そんな気概すら感じさせる。

ゆえに、彼は陰陽師《おんみようじ》として生きているのかもしれない。

「……すまぬ。しかし、愛くるしい生き物は、おまえも喜ぶのではないかと考えたのだ。我ながら、軽率であった」

「私が？」

知道の言葉を聞き咎《とが》め、時行はきわめて怪訝《けげん》そうな顔つきになる。

「そうだ。おまえが喜ぶところを見たかった」

「犰狳を封じれば喜ぶ」

時行の口ぶりはあくまで冷ややかだ。

「だが……佐波も、私も可愛いと思った。だから、そなたに……」

「いくら見た目が愛らしくとも、化生を可愛がることはできぬ。それが、陰陽師としての矜持《きょうじ》だ」

「…………」

知道はしょんぼりと肩を落とした。

「まったく。とりあえず、労《ねぎら》いに酒を用意してあるから飲め」

「……うむ」

知道は少し釈然としない様子だったものの、それでも力なく頷いた。


翌朝。

ふっさりとしたものに顔を撫でられ、佐波は目を覚ます。

「んんん?」

狐《きつね》だった。

「えっと……時行の式神かな……?」

やけに人懐っこく尻尾を擦りつけてくる狐は、いったいどこからこの家に入り込んだのだろう?

佐波が起きたせいか、ぴょんと狐は跳ね、どこかへ消えてしまう。

何だろう、今のは。

ともかく顔を洗ってから廂《ひさし》に向かうと、狐、狐、狐。

「えええええっ」

白いのから銀色、黄色、黒。

見渡す限りの狐が、床の上を埋め尽くしていたのだ。

明らかに、尋常ではない。

「くう……佐波……助けよ……」

「え？」

知道の声だった。とはいえ、声は聞こえども、姿はない。

「知道様？　どちらに？」

「ここじゃ……ここ……うぐう……」

見れば、知道は狐に埋もれている。あまりの狐の多さに、知道が見つからなかったのだ。

「すごい……」

思わず一匹抱き上げてみると、もふもふの狐は、おとなしくてあたたかい。なかなか可愛いものだ。

「……か、可愛いものをくれてやる、だそうだ。寝ているあいだに上に乗られて……重くて、起き上がれぬ……」

つまりは、式神。

へこむ佐波と知道のために、時行は彼なりにめいっぱいの誠意を見せてくれたらしい。

「なるほど……これが可愛いのか……」

佐波がすっかり感心をしながら狐たちと戯れていると、頭の上で「ちちっ」と小さな声が耳に届いた。

「あっ」

頭上にいるみそが小さく鳴いたのだ。

「ごめんね、みそ。いつも助けてもらってるのに……」

もふもふの狐たちに夢中になって、忘れてしまうなんて。

みそだって、とても可愛い。

そのうえ、頼りになる相棒じゃないか。

佐波は狐を床に置くと、みそに手を伸ばす。すると、みそはつんつんと佐波の頭を数回つついて、また外に出ていってしまう。

仲直り……はしてくれるつもりらしい。

それにしても。

「時行、意外と拗《す》ねてるのかな……」

狐だって可愛いだろう、と主張するつもりか？

うん、きっとそうなのだろう。

そんなところが、ちょっと可愛い。

妙に納得しつつも、佐波は再び狐を抱き上げて、そのふっかりとしたぬくもりを存分に味わったのだった。

第三話
瑞兆の羽事件

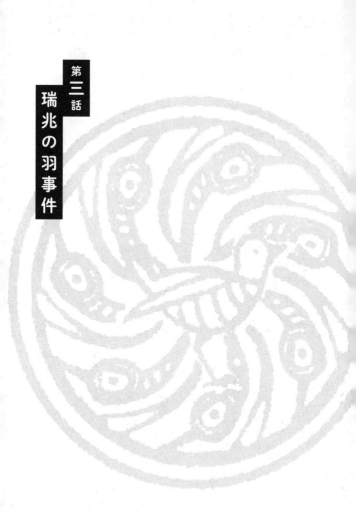

一

うららと陽射《ひざ》しがあたたかな午後。

「ねえねえ、このお店に羽って売ってるかしら?」

質素な直垂《ひたたれ》を腕捲《うでまく》りし、葛葉《くずのは》小路《こうじ》で店を開いた佐波の前にやって来たのは、妙齢の女性だった。

「羽?」

久々の客だが、彼女の目当ては意外なものだ。

「羽なんてないけど、何で?」

そもそも、佐波の店で扱っているのは唐土《もろこし》の工芸品がほとんどだ。

一真《いっしん》が戻らない今は安倍時行《あべのときゆき》と藤原知道《ふじわらのともみち》から預かった不要品を並べてみたが、売れ行きは芳しくない。

「あら、知らないの? 『瑞兆《ずいちょう》の羽』よ」

瑞兆というのはおめでたい予兆って意味だけれど、それが羽とどう関係あるのだろう?

「なに、それ？」

「何って、綺麗《きれい》な羽よ」

「飾っておくとか、お守りにするとか？」

「飲むの」

「飲む⁉　美味《おい》しいの⁉」

佐波はついつい痩《や》せぎすの女性をまじまじと見てしまう。

「そのままじゃないわよ。羽を水か酒に浮かべるの。羽が溶けるのが瑞兆の証《あかし》で、飲むと願いが何でも叶《かな》うんですって」

「羽が、水に溶けるって？」

あり得ない話に、佐波は眉を顰《ひそ》めた。

「やあね、こんなところで商いをしてるのに何にも知らないのねえ」

「……すみません」

佐波が『山海経《せんがいきょう》』にかかわっているあいだに、想像を超えたものが流行《はや》り始めているらしい。聞いたこともなかったと佐波は頭を掻《か》いた。

「ともかく羽はないんでしょ。なら、いいわ」

「それより瑞兆っていうなら、これはどうです？　おめでたい獅子《しし》の置物で……」

「そういうのはいらないの。変な病だって流行ってるんでしょ？　すぐに効き目のある羽が欲しいのよ」

せっかく時行と知道に頭を下げたのに、世間はどうも『瑞兆の羽』とやらに夢中で、品物には見向きもしない。

「あんたも、瑞兆の鳥を見つけたら捕まえなさいよ。噂《うわさ》じゃお貴族様は鳥そのものをお探しだって話だからね。高く売れるわよ」

「鳥？　そっか、そっちのほうがたくさん羽を取れるもんね」

「ええ。願いごとが多すぎて、羽の一本や二本じゃだめなのかしらねえ」

そうは言われても、瑞兆の羽を持つ鳥が如何《いか》なる外見なのか、佐波にはさっぱりわからない。それに、貴族が探しているなんて漠然とした情報では、誰が鳥を買ってくれるかも謎だった。

そのあとも次から次に羽について尋ねられて、何一つ売れないまま、あっという間に夕刻だ。

「まずいなあ……」

この調子でまったく商売にならないのは、さすがによくない事態だ。

「どんな鳥なんだろ」

何気なく顔を上げると、西の空を珍しい色味の大きな鳥が飛んでいる。

遠目では模様は不明だが、青、緑……緑、だろうか。尖《とが》ったくちばしが陽光を受けて銅《あかがね》のようにきらめくのが目についた。

鳥はいいなあ。

あんな風に飛べたら、唐土にだって行けるだろうか？

父がいなくなった海にも辿《たど》り着けるのか。

「ぼんやりしているな」

「……一真さん⁉」

大きな袋を背負い、真っ黒に日焼けした青年に話しかけられて、佐波は目を瞠《みは》った。

細い目に細い眉。どこか物腰やわらかいが修行僧のような印象は変わらなかった。

「よかった、元気だったんだね！」

佐波が立ち上がると、一真は「うん」とかぶりを振った。

「長いこと来られなくて、すまなかった。さぞや心配をかけてしまっただろうね」

佐波の店の荷物を仕入れてくれている一真は船乗りだが、時化《しけ》で帰りの船が出ないとの噂は聞いており、一年近く彼とは顔を合わせていなかった。

無事だったんだ……。

「本当だよ。船が難破したんじゃないかと……」

じんわりと涙腺が緩み、とうとう我慢できなくなって、ぐすっと佐波はしゃくり上げた。

亡くなった父のように、一真が二度と帰ってこないのではないかと、心配だった。不安は抜けない棘《とげ》のようで、眠れない夜は佐波の心をちくちくと刺した。

「おまえこそ、壮健だったのか」

少し意外そうな口ぶりに、佐波は大きく頷《うなず》いた。

「そりゃ、元気が売りだもん。そっちは唐土でどうしてたの？」

「酷《ひど》い時化が続いたうえ、一度出航したのに、嵐に遭ったせいで船が壊れてしまって戻る羽目になってね。修理もあるしで、なかなか船を出せなかったんだ。すまないね。商売も上がったりだったろう」

重ねて謝られると、佐波のほうが申し訳なくなる。一真はもともと学僧で、唐が好きで行きたくなったとかで、船乗りにしては言葉遣いも丁重だった。

「一応は、大犬丸《おおいぬまる》がいろいろ相談に乗ってくれた。あれこれ斡旋《あっせん》してもらったから、食いっぱぐれなかったよ」

ごしごしと目許を拭い、鼻を啜《すす》り上げ、佐波は何とかにこっと笑った。

「それはよかった」

ほっと胸を撫《な》で下ろしたように、一真が微笑《ほほえ》む。膝を突いた彼は袋を開くと、中から更に布袋を取り出した。

「では、これは今回の品物だ」

「ありがとう。……これは？」

今回は合子《ごうす》やら硯《すずり》やらが多かったが、そのうちの一つに、油紙で包まれた巻物がある。

「このあいだは『山海経』を注文しただろう？　それで、似たような種類の面白いものをいくつか買ってみたんだよ」

「巻物か……これは時行が喜ぶかも」

佐波はうんうんと大きく頷いたものの、さすがに持ち合わせが足りない。残りは売れたときに払うことになったが、一真は特に文句は言わなかった。

「近頃羽が人気だそうだが、おまえは扱わないのか」

「詳しいね。俺、さっき聞いたばっかりだよ。ほかに耳寄りな話は？」

「都の周りでは、妙な病が流行っているそうだ。何でも薬も何も効かずに、何日も熱を出して、だんだんと弱って死んでいくのだとか」

「ひえ……おっかないなあ」

佐波はぶるっと身を震わせた。

「最初は都に来る道中……摂津《せっつ》のあたりから耳にするようになったが、どちらかといえば都の北で広がっているようだ。数多《あまた》の墓を見かけた」

「北？　あっちは蝮谷《まむしだに》があるから通らないんじゃなかった？」

蝮がたくさん出る谷があり、危なすぎて旅人は避けるとの噂を聞き及んでいる。

「それが今年は例年になく蝮が少ないそうでね。おかげで私も、近道ができたのだよ」

「へえ……珍しいね」

「おまえも気をつけろよ、佐波」

「すごい陰陽師《おんみょうじ》を知ってるから、大丈夫だよ」

佐波はにっこりと笑った。

「そう、か。……それはよかった」

目を眇《すが》めた一真は会釈を残し、「また来るよ」と言い残して立ち去った。


帰り道のことだ。

漸《ようや》く自分の家を建て直して壁も床板もつけられたので、佐波は葛葉小路にほど近い自宅に戻る途中だった。

前方には、のろのろと往来を歩く大きな影が揺れていた。

見覚えのある背中は、大犬丸のものだった。佐波は軽く走りだして、ぽんと相手の背中を叩《たた》いた。

「大犬丸！」

「ああ、佐波か」

こちらを見やった大犬丸の顔には、ありありと疲労が滲《にじ》んでいた。厳《いか》ついはずの背中を丸めているせいか、彼が歳《とし》よりもずっと老け込んだように見える。

「どうしたの？　元気がないね」

「……さっき、知り合いが亡くなったって小耳に挟んでな」

「え」

佐波は目を見開いた。

「そっか……市場の誰？」

「いや、お貴族様だ。藤原家の大納言《だいなごん》で、藤原清光《きよみつ》様。右大臣家の親族だな。長男も次男も順調に出世して、これから右大臣家を盛り上げるってときだったんだが」

「……そう」

佐波はどんな相槌を打つべきか迷い、ただただ頷いた。

「貴族なのにさばけた方で、葛葉小路の存続にも口添えしてくださったんだよ。まったく、いい人から順に死んでいっちまうなあ」

大犬丸は深々とため息をついた。

「いくつくらい？」

「まだ二十歳そこそこだ。これからって時期だったんだが」

大犬丸の表情は、ひどく暗い。

二十歳そこそこであれば、時行や知道と変わらない。

いくら人の寿命が四十、五十までとはいえ、さすがに早すぎる。

「ご病気だったの？」

「うん？　いや、清光様は優しい方ではあったが身体《からだ》は丈夫だったな。酒を飲んでいて急に倒れられたらしい。そのますごい熱を出して、朝には亡くなったとか」

「熱病かあ……それは怖いね」

「近頃は運が向いてきたとおっしゃっていたそうだ。これから、弟と二人で右大臣家を盛り立てていきたいとな」

「……へえ」

そういう話を聞くと、知らない相手なのにやけにしんみりとなった。

「弟君の清佐《きよすけ》様は、庭造りなんぞに凝っているからな。政《まつりごと》を二の次にしそうで、心配ではあるんだが……」

庭造りといえば、いつぞやの夏山《なつやま》の一件を思い出してしまう。時行の話では、庭で極楽浄土を描こうとする貴族もいるとかで、そんなところに金を湯水のように使えるとは羨ましい話だった。

道端で足を止めて話していた大犬丸は、佐波の微妙な表情に気づいたらしく、「すまんな」と苦笑した。

「つい、人恋しさに引き留めちまった」

「大丈夫?」

こんな大犬丸は初めてで、ついつい尋ねてしまう。

「ああ、平気だよ。なに、こういうときは、うちのちびたちの顔を見たら何でもなくなるさ」

大犬丸の落ち込み具合が気になったものの、上手く慰められないのがもどかしかった。

二

「てなわけで、なんかこっちまで落ち込んじゃってさ」

膝を抱えて佐波が訴えると、廂《ひさし》に腰を下ろして月を眺めていた時行がちらりとこちらを顧みた。

相変わらずの白皙《はくせき》には、何の感情の色も浮かんでいない。涼やかな目許は微酔に染まりもせず、彼は端然と酒を口に運んだ。

時行は主食が酒ではないかと思うほど、いつも飲んでばかりいる。知道に頼まれて肴《さかな》を葛葉小路で買っていっても、なかなか口にしない。

「それで人恋しくなってここに来たのか？　九条《くじょう》の周辺に人がいるわけがなかろう」

時行の言葉は、なぜかいつにも増して刺々《とげとげ》しい。

「それより、何か化生《けしょう》の新しい情報はないのか」

「ないよ」

「つまらぬ」

端的に呟《つぶや》き、時行は短く息を吐く。そういえば少し顔色が冴《さ》えないのに気づき、佐波は首を傾《かし》げた。

「今日はすごく疲れてるみたいだけど、どうしたの?」

「みたいではなく、疲れているのだ。出かける羽目になったからな」

彼はそう言って、こめかみのあたりをぎゅっと両手で押した。

「へえ……珍しいね」

狖徐《きゆうよ》のときでさえも佐波たちをお遣いにやったくらいなのに、出無精の時行が外出するとは。

「そなたの申すとおり、右大臣家のご子息の藤原清光殿が亡くなられただろう」

「うん」

「我々陰陽師は、葬儀の日取りまで占わねばならぬ。本来ならば私はどちらにも立ち入らぬのだが、近頃怠けているので働くようにと上からのお達しでな」

時行はすこぶる機嫌が悪そうだった。

「時行は右大臣の弔いにもかかわるの?」

「いや、右府殿にかかりきりでは、左府の仕事ができぬ。そちらを手伝えという用向きだ」

右府は右大臣、左府は左大臣。二人は犬猿の仲で勢力争いをしているとはいえ、帝を支える大事な大臣だ。

時行の父親は左大臣との噂だし、右大臣の一派に近寄りたくないのも当然だろう。

「次の化生が出なくては、ますます陰陽寮《おんようりょう》の仕事を言いつけられてしまう」

「いいじゃない、そのほうが平和だし」

「…………」

むっとしたような顔で、時行が片眉を上げる。

「それで、何用だ？」

「ああ、新しい品物と巻物を仕入れたんだ。一真さんが来てね」

「ほう」

時行の表情が明るくなり、佐波が並べる商品を検分する。

「なかなかの目利きのようだ。一真か……確か、もともとは学僧だったそうだな」

「うん」

「であれば、どこかの貴族の出か？」

「船乗りにしては上品だと思うけど、それは聞いた覚えがないなあ。ほら！」

愛らしい合子の一つを、時行はひょいと取り上げた。

「これはよい品だ。合子に鳥の絵が描いてある。こちらは犬……狆《ちん》か」

狆はもともとこの国の犬で、唐に連れていかれたそうだ。

「ふさふさ……って、そうだ！」

「ん？」

「鳥っていえば、最近すごく流行ってるみたいでさ」

佐波が顔を上げると、合子の蓋を開けて中を確かめていた時行が「ふうん」と気がなさそうに答えた。

「時行は知らない？」

「私が都の流行りに通じていると思うか？」

「じゃあ、特別に教えるよ」

佐波が気持ち胸を張ると、時行は「嬉《うれ》しそうだな」と呟く。

「だって、俺が時行に教えられることなんてほとんどないし」

なるほど、と時行が納得顔で首肯した。

「流行ってるのは『瑞兆の羽』。正体は鳥の羽なんだけど、使い途《みち》がわかる？」

「ずいぶんとまあ、鬱陶しい話の進め方をするではないか」

時行はさも興味がなさそうな面持ちで、扇を手中で弄《もてあそ》ぶ。

「すぐに話し終わっちゃうと、もったいないじゃないか」

「鳥の羽ならば、衣か？　それか飾り物か？」

「はずれ。お酒に溶かして飲むんだって」

「……溶かす？」

馬鹿馬鹿しいと笑い飛ばすだろうと予測していたが、そうではなかった。

時行は突然、真顔になったのだ。

「今日も市場でいろいろな人に聞かれたよ。『瑞兆の羽』は売ってないかって。水やお酒に溶かして飲むと、何でも願いが叶うんだって」

「………」

「そんな羽、あるわけないのにね」

「──ある」

少しばかり面倒くさそうな声で、時行が同意する。

「あるの⁉」

尋ねながらも、佐波の胸には嫌な予感が一気に押し寄せていた。

「ただし、例によって我々の追う化生の羽で、取り立てて望みも叶わぬだろうが」

相槌を打った時行は文箱を開き、『山海経』の巻物を取り出した。

しかし、広げると大変なことが起きると思い直したようで、持ったまま説明を始める。

「そもそも、唐土では鳥の化生が多い。無論、こちらにもそういったものは描かれている」

いつの間にか、普段のように時行の説明を佐波が拝聴する態勢になっていた。

「猫のとき説明しただろう？　化生といっても、いいものと悪いものがいる。今まで遭遇したのは、往々にして悪い化生だったろう」

　時行はそう指摘する。

「たとえば、鳥の化生には雷を避けてくれたり火事を防いでくれたりするものもいる」

「それならいいあやかしじゃないか。わざわざ捕まえなくてもよくない？」

「ああ。化生と神はじつのところ、紙一重の存在だ。人知を超えた凄《すさ》まじい力を備えるがゆえに、神と呼べるかもしれない」

「そっか……」

　すごい力を持ち、それが人にいい影響をもたらすならば神になる。けれども、何かの気まぐれで人を傷つければ、それは化生と呼ばれてしまう。

　善悪はまさに紙一重だ。

「鳥の中でも羽が有名なのは、鴆《ちん》だな。同じ音だが、犬ではない」

「鴆？」

　当然ながら、聞いたことのない名前だった。

「鴆は猛毒を持ち、空を飛ぶとその下の地面に毒の被害が及んで作物が枯れるそうだ」

「ええっ⁉」

　最早、災いともいえそうな化生ではないか。

「そのうえ、鴆《ちん》の羽に恐ろしい毒があり、羽を浸した酒を飲むと死ぬ」

「浸したら、溶けるの？」

「うむ」

「死んじゃうなら全然瑞兆じゃないよ！」

「ああ」

時行は表情を強張《こわば》らせている。

「そこが問題だ。いったい、誰が左様な噂を広めた？　そもそも、酒に溶ける羽など、鴆以外にもこの世にあるのか？」

さすがに動揺したらしく、時行は独言する。

「どっかの貴族は、鳥が欲しいから、持ってきたらご褒美なんて言ってるらしいよ。そんなもの持ち込まれたら、一族は全滅しちゃうんじゃない？　ううん、捕まえるだけで死人が出そう」

「何だと⁉　どこの愚か者だ、それは！」

時行が珍しく声を上擦らせたところで、人の足音が廊下から聞こえてきた。松葉《まつば》たち式神は足音を立てないし、来客のようだ。

「よう、時行」

さも機嫌よさげな態度で現れたのは烏帽子《えぼし》に二藍《ふたあい》の直衣《のうし》を身につけた知道で、後ろから式神の松葉が無表情でついてくる。

「お、佐波もいたのか」

知道は朗らかで、昂奮《こうふん》しているのか顔が赤い。額に汗が浮かび息も上がっているのは、中門廊から走ってきたのだろうか？

「松葉。さっさとあれを持ってこい」

「はい」

静かな声で松葉が答えたので、佐波はつい「あれって？」と聞き返してしまう。

「まあまあ、見ておれ」

一度姿を消してから、しずしずとやって来た松葉は提子《ひさげ》と杯《さかずき》を手にしている。

「挨拶もせずに、酒か？」

「おう。じつはよいことがあってな」

知道はにこにこと笑いながら、時行と佐波の杯に提子の酒を注ぐ。

最後に、自分の杯もなみなみと酒で満たした。

「何だ？　よもや妻《めと》でも娶ったのか？」

「まさか！　珍しいものを手に入れてな」

さも機嫌がよさそうに、知道は懐から紙に包まれた緑色の羽を取り出した。

――鳥の、羽……？

思わず佐波は口をぱくぱくさせながら時行を見つめると、時行は時行で知道の手許を注視している。

「さ、とくとご覧《ろう》じろ」

知道が羽を自分の杯に入れると、それはみるみるうちに消えて酒と混じり合う。

溶けたのだ。

「よし！　さて、これを飲むと……」

言った知道が杯を口許に運んでいったので、唖然《あぜん》とその光景を見守っていた佐波は慌てて彼に飛びかかった。

「だめーっ‼」

「うおおお⁉」

驚いた知道の手から杯が落ち、酒が床を濡《ぬ》らす。

ぽかんとしていた知道は、次の瞬間に自分の手許を見やり、そして愕然《がくぜん》とした顔つきで床を見つめる。

「お、おい、すべて零《こぼ》れたではないか！」

「いいんです！」

「よくない！　せっかくの瑞兆ぞ！」

焦ったように声を上擦らせた知道はそこで両手を突き、板の間に顔を近づける。

「馬鹿！」

それまで無言を貫いていた時行が、たまりかねたように自分の扇を投げた。びしゅっとそれは知道のこめかみに的中し、知道は尻餅《しりもち》を突く。

「い、痛い……おまえたち、何をするのだ！」

知道は太い眉を吊《つ》り上げ、顔を真っ赤に染めて怒鳴りつけた。

佐波が必死で押さえ込んでいないと、床に零れた酒でも舐《な》めそうな勢いだ。

「いや、そなた……今、佐波に命を救われたのだ」

思わずという様子で立ち上がっていた時行は、少しばつが悪そうな顔で腰を下ろす。

時行が冷静さを失うのは滅多になく、佐波は別の意味でもびっくりしていた。

「佐波に？　どういうことだ？」

「そなたの持ってきた羽は瑞兆などではないのだ」

時行が手を振ると、すぐにやって来た松葉が廊下に零れた酒を拭き取った。

そこで漸く佐波が知道から手を離したので、彼はむっとした顔でそこに座り直した。

「この都で流行っている、『瑞兆の羽』の噂は嘘《うそ》だ。むしろ、死を呼ぶ羽と言ってもいい」

「なにゆえにわかるのだ!?　二人で私を謀《たばか》っているのだろう！」

呆然とした面持ちで、知道は言い募る。

「だいたい、酒に溶ける羽なんて気味が悪かろう。羽は如何《いか》にして手に入れた？」

「拾った」

知道は胸を張り、主張する。

「やれやれ、出所の知れぬものを口に入れるのか？　おまえ、臆病なくせにどうして妙なところで思い切りがよいのだ」

「だって、何でも願いが叶うのだぞ⁉」

「我らは『山海経』の化生を追っているのだ。少しは用心深くなれ」

「まあ、そうなのだが……」

歯切れが悪く答えた知道は自分の袖に触れて顔をしかめ、左右の手を入れ替えて腕組みをする。

袖が濡れたのかもしれないが、あれならば、すぐに乾くだろう。

「それで？　死を招くとは？」

「うむ、そなたが持ってきてくれたのではっきりわかったが、それは『鴆《ちん》』の羽だ」

「鴆？」

「当然ながら、我らが追う化生だ。先ほど佐波には説明したが、猛毒を持つ。無論、その羽が溶けた酒など飲めば死ぬ」

「な……」

知道は絶句し、酒が零れたあたりを見やる。

それから気を取り直したのか、憤然とした様子で言った。

「し、しかし……それが真《まこと》であれば、誰が何のためにそんな噂を広めたのだ？」

「本当ですよ。知道様みたいに間違えて飲んじゃう人が出たら、とんでもないことになるじゃないか！　この羽を見つけられる人は少ないと思うけど、話は結構広まっていたみたいだし……」

「――それだ」

ぱん、と時行は自分の手を扇で打った。

「え？　どれ？」

「鴆の噂を流した輩《やから》には、謀殺《ぼうさつ》したい相手がいたのだ」

時行の言に、佐波は首を傾げる。

「噂を広めるのはいいけど、それじゃいつ羽を拾えるかわからないよ？　それまでに羽を飲んで死ぬ人がいっぱい出たら、殺したい相手だって警戒するよ」

「だが、早いうちに首尾よく飲ませられれば、簡単には疑われまい。そもそも、噂とはもっとじわじわと広がるのが普通なのに、此度《こたび》はあまりにも急ではないか。誰かが意図的に流しているのだ」

突拍子がない話だが、謀略の匂いを感じるのか、時行は微《かす》かに蒼褪《あおざ》めている。

「噂を十分に広めてから、相手に鴆の羽を渡し、それを飲ませる」

「じゃあ、誰が犯人なの？」

「怪しいのは、飼い主だろうな！」

佐波と知道が勢い込んで話しかけたが、時行は首を横に振った。

「いや、鴆《ちん》は毒を撒《ま》き散らす。捕まえるのも一筋縄ではいくまい。下手に鴆を飼えばそれなりに被害が出るし、周囲にすぐに知れるだろう」

「そっか……」

「知道、その羽はどこで拾った？」

「どこって、東三条院《ひがしさんじょういん》のあたりだ」

東三条院といえば、大内裏《だいだいり》にほど近い神泉苑《しんせんえん》周辺の邸宅だ。

「どうするの？」

「とりあえず、式神に探させる。……知道」

「ん？」

少しぼんやりしていた知道が、はっと顔を上げた。先ほどの酒を別の杯に注いだが、気がかりでもあるのか、じっと酒を睨《にら》みつけている。

「明日一番に蔵人所《くろうどどころ》へ行って、鷹《たか》の羽を集めてまいれ。それを材料に式神を作る」

「わかった」

知道は請け合ったが、新たな疑問が生まれて佐波は口を開く。

「鷹って、蔵人所にいるの？」

「鷹狩りは知っているか？」

どうせ時行は説明しないと思っているらしく、知道が出し抜けに問いかける。

「聞いたことなら。鷹を使って小鳥や小さい動物を追うんですよね？」

「そうだ」

時行は頷く。

「昔はどこでも行われていたが、昨今は、仏の教えゆえに、むやみな殺生を慎《つつし》まなくてはならぬ。そのせいで、今や鷹狩りは許可を得た者しかできぬ。宮中の鷹を管理しているのが、蔵人所なのだ」

「へえ、そうなんですか！」

佐波は目を見開いた。

「というわけで、知道は鷹の羽を、佐波は噂の出所を探ってまいれ」

「よかろう。おまえは？」

「私か？　私はそなたたちを待ちながら、酒でも飲んでいよう」

時行はそう言って、自分の杯を取り上げた。

三

一日商売に励んでみたが、葛葉市場では鳥の羽についてしか尋ねられず、かといって新しい噂は入らない。客たちは気もそぞろで空ばかり見ているし、何も売れずに商売は上がったりだ。かなり落ち込みながらも、佐波は自分の小家ではなく、時行の家に向かった。

「いやはや、まいったよ」

遅れて戻ってきた知道は渋面を作り、廂にどすんと座り込んだ。

「どうしたのだ?」

「それがな、鷹の羽を頼んだのだが、何も残っていないとけんもほろろだった」

見るからに忌々しげな顔つきになり、時行は舌打ちをする。

時行の依頼に応じられなかったから緊張しているのか、知道の顔色はあまりよくなかった。

「一応、小屋を見せてもらったが、確かに綺麗さっぱり羽はなかったな。どうも、昨日のうちに清佐《きよすけ》様の郎党がやって来て、鷹の羽を全部拾い集めたらしい」

「中納言殿が？」

「うむ、まじないに使うとか。かといって鷹を借り受けるには面倒な手続きがいるし、諦めるほかなかった」

「それはご苦労だった。兄君の葬儀も終わったばかりであろうに、喪も明けぬうちからまじないとは。中納言殿も瑞兆の羽に踊らされているのか」

中納言の清佐の兄は、先だって熱病で亡くなった清光《きよみつ》だ。

彼らは右大臣家の血筋なので、時行とは折り合いが悪いのだろう。口ぶりだけで、彼の感情が珍しく透けて見える。

「その逆で、鳥除《とりよ》けに必要だそうだ。どうやら、気味の悪い鳥が家に寄りつくとかで」

「……ふむ」

何ごとかを考えながら、時行が冷ややかな声で相槌を打つ。

「鴆《ちん》を避けるまじないのつもりなのかもしれぬ」

「唐土のあやかしだろう？　あの遊び好きな清佐殿が、知っているわけが……」

「鴆は珍しい鳥だが、書物好きならば目にすることもあろう」

そこで佐波は「あの」と口を挟んだ。

「鴆が空を飛んでるなら、都では、もっと死人が出ているんじゃないかなあ？　鴆が通ると畑も毒になるんでしょ？」

「おそらく、屋根があれば被害を防げるのだろう。でなければ、今頃、都中屍《しかばね》の山に違いあるまい」

「あ……そっか」

それならば、さしたる被害を耳にしないのも納得がいく。

「鷹に比べれば少し力が弱いが、仕方あるまい」

時行が廂に立って手を伸ばすと、彼の指先に「ちち」と鳴いて青い小鳥が止まる。

みそだった。

「みそ！」

「妙な名をつけてくれたものだが、まあ、よい。これに探させてみよう」

「そのちっこいのが、鴆《ちん》と戦うのか？　毒は平気なのか？」

知道はみその才能については疑わしげだ。

「空からの探索をさせる。だが、鳥は夜目が利かぬ。明朝からだな」

「……うむ」

知道は難しい顔で頷き、それから左腕を捲って何気なくさすする。

「どうした？」

「……いや、昨日から何だかひりひりするのだ」

「どこかで引っ掻いたのではないか？　そそっかしいからな」

「かもしれぬなあ」

知道は釈然とせぬ顔だったが、気を取り直したように杯に口をつけた。


「ふああ……」

大きな欠伸《あくび》をした佐波は、傍らで寝入っている知道に「朝ですよ」と声をかける。

今日は朝早くからみそを追いかけて出歩くので、早起きする必要があった。

夜のうちに外出に関する相談は終えていたのに、知道は目を覚まさない。

「知道様」

朝陽の力を借りてよくよく見ると、知道の顔は赤い。息が荒く、額には玉のような汗が浮かんでいた。

もしかして熱でもあるのだろうか。そう考えて、佐波は彼の額に手を伸ばす。

「熱っ」

ものすごい熱じゃないか！

「どうした、佐波」

あまりに大声を上げたので驚いたらしく、時行が几帳《きちょう》を捲《めく》って姿を現した。

「知道様がすごい熱なんです」

不審げに眉を顰め、時行が褥《しとね》に近づく、眠ったままの知道の傍らに膝を突き、額に触れて体温を確かめた。

「確かに酷い熱だな」

「熱病……！」

佐波は弾《はじ》かれたように顔を上げ、時行の直衣の裾を引っ張った。

「何だ？　流行病の噂でもあるのか？」

「都の近くで妙な熱病が流行ってるって、一真さんに言われたんだ」

「それが何か？」

訝《いぶか》しげな面持ちで問われ、佐波はもどかしい気分で続けた。

「それって、鴆《ちん》が通った場所じゃないかな」

「知道と何か関係があるのか？」

「だから、知道様の熱は鴆のせいで……知道様、床に零れた酒を舐めたんじゃ」

「そこまではせぬと思うが……」

それを聞いた時行は、いきなり知道の左手を摑《つか》む。

「ッ」

驚きに息を吞《の》んだのは、単衣《ひとえ》を捲られた知道の左腕が腫《は》れ上がっていたからだ。

「そういえば、昨日、酒で衣を濡らしたみたいだった」

「この男は、常に護符を持っている」

手を離した時行は、乱れ箱に収めてあった知道の衣類を探る。

時行が知道の衣類のあいだから出てきた護符を広げると、その中身は焼け焦げたように真っ黒になっていた。

「まったく、愚か者め。そなたの言うとおりだ」

尖《とが》った言葉に、佐波は眉を顰めた。

「腕がひりひりするって言ってたけど……どうしてすぐに熱が出なかったのかな」

「もとより知道は丈夫な男だし、私の護符の力もあろう。だが、毒の強さに護符が保《も》たなかったと見える」

「熱冷ましなら、俺、買ってくるよ？　それとも薬師《くすし》を呼んでくる？」

「化生の毒に、そんなものは効かぬ」

いやに冷え冷えとした時行の声に、佐波はぞっとする。

「じゃあ、このままにしておくの？」

「ああ、寝かせておくほかあるまい」

「自然に治るの？」

「否《いな》、鵺がもたらすのは死病だ。放っておけば、知道は死ぬ」

「からかってる……?」

「そんなことができるものか。言霊もあるのだぞ」

どこか押し殺したように時行は言うと、ゆらりと立ち上がった。

「一刻も早く鴆《ちん》を捕らえて、巻物に封じなくてはならぬ。源が消えれば、毒も消えよう」

「なるほど」

佐波は納得したが、うんうんと唸《うな》っている知道はさも苦しげで、放っておくのが怖かった。

「こんなにつらそうなのに、大丈夫かな?」

「平気ではあるまい。これでは、二日と保たぬであろう」

「二日?」

「ああ、知道は体力があるからな。これが子供や老人なら、そこまで持ちこたえるかどうか」

佐波は口許を押さえ、思わず柱にもたれかかる。

それもこれもすべて、佐波が『山海経』のあやかしを解き放ってしまったせいではないのか。

「落ち込んでいても仕方なかろう。さっさと鴆を捕獲するに限る」

「……うん」

見下ろした知道は、ひどく苦しげに息をしている。

もしかしたら、夜通しつらい思いをしていたのかもしれない。

雑魚寝《ざこね》していたくせにまったく気づかなかった己の鈍感さを呪いつつ、佐波は知道に衾《ふすま》をかけてやる。

「知道のことは、松葉に任せよう」

時行は蒼い顔で言うと、「朝餉《あさげ》を終えたら仕事だ」と促した。

「何をすればいいの？」

「そなたには、清佐殿の邸宅に行ってもらう。何でもよいから聞き込んでこい」

「俺が会えるような相手じゃ、せいぜい下人だよ？　何も知らないんじゃないかなあ」

乾いた音を立てて時行が手を叩くと、しずしずと松葉が衣装を手にやって来る。

華やかな衣は、見るからに艶《あで》やかな女性の袿《うちき》だ。

「これがどうしたの？」

「そなたはこれから、私の妹の名代として出かけるのだ。悪いが着替えてもらう」

「俺が⁉　ていうか、妹って誰⁉」

驚きのせいで、声が完全に上擦っている。

「左大臣家の三の姫だ。鴆を探すのに、わずかでも手がかりが欲しいところなのだ」

「それはいいけど……何で俺なの？　松葉は？」

「松葉は有能だが、決められたこと以外はできぬ」

「俺なんかがしゃべれば、すぐにぼろが出るじゃないか」

「そこは私が何とかしてやる。それに、そなたは肝が太い。松葉よりは上手くやるだろう」

うーんと佐波は腕を組んで考え込む。

知道の一大事に役立ちたいが、自信がない。

そのうえ、女性の衣で出かけるなんて、未経験なのであまりにも難しすぎる。

「もしこれを身につけるのが嫌ならば、ほかの手立てを考える。如何《いかが》する?」

「嫌じゃないよ」

女性の格好をするのが、嫌だったわけではない。慣れてないから失敗したくないだけだ。

「やるよ。それが近道なら」

躊躇《ためら》われるのは、自分が別の何かのように見られるのが怖くて、そして、少しばかり恥ずかしいだけだ。

塗籠《ぬりごめ》へ向かって衣を手に取ったが、まず袿の着方がわからない。

「何だこりゃ……」

松葉の様子を思い出しつつ裸になって単衣を引っかけようとすると、几帳を上げて入り込んだ松葉が、衣をぐいと摑む。

「え？　だめ？」

「そちらを」

彼女の視線の方角には、小さな湯涌《ゆおけ》がある。それで初めて、佐波は自分の手足が汚れているのに気づいた。となると、きっと顔も同じだろう。あちこちを綺麗に洗って丁寧に拭くと、松葉は薄く微笑んだ。

「まずはこれから……か」

破かないように気をつけながら、佐波はそろそろと、単衣の上に小袖を羽織る。身分の高い女房ならば裳《も》をつけるが、さすがに佐波では必要なく、しびらという略式の裳を着用した。

それから、短い髪を隠すために髢《かもじ》を頭につける。

「うっ」

重い。髪が長くなってそれらしいが、鏡に映しても善《よ》し悪《あ》しがわからない。

「これでどう？」

こくりと頷いた松葉がするりと塗籠を出ていき、次に現れたときは時行を伴っていた。

彼は佐波を目にして「ほう」と呟いた。

「そうしてみると、そなた……」

「ん？」

「なかなかさまになっている。それに――似ているな」

「誰に?」

「……いや、まさか」

一人で納得する時行に、佐波は首を傾げるほかない。

「すまぬ、もう亡くなった女性に似ていると思ったのだ」

「それって俺の家族だったりするのかな?」

「………」

時行はその点には触れず、「それでは行きなさい」と佐波を促した。


貴族のお屋敷に上がるのは初めてではなかったが、前回の夏山の家とはまた違ってこちらは大貴族の邸宅だ。造りの基本が同じとはいえ、佐波は緊張しつつも何とか上がり込んだ。

『大丈夫だ。そなたたちの話は聞こえている』

「うん」

傍《はた》から見れば独り言を言っているようでおかしいかもしれないが、じつは、佐波の髱の耳のあたりには小さなてんとうむしがついている。

　これは時行の作り出した式神だった。礼儀作法については付け焼き刃なので、有事の場合に入れ知恵できるよう、時行が前もって用意してくれていたのだ。

　……どきどきしてきた。

『案ずるな。そなたが失敗したところで、三の姫の評判が地に墜ちるだけだ』

「大ごとじゃないですか！」

『あれは私の妹だけあって、かなりの変わり者よ。許しは得たし、多少のことは気にせぬ。何か詫《わ》びるときは、面白い絵巻物でも持っていってやればよい』

　時行が式神を通じて三の姫と話し、筋を書いてくれたのだ。

　彼の言にも説得力があるので、少しだけ落ち着いた。

　御簾《みす》の前で頭《こうべ》を垂れて待ち受けていると、ややあってうっすらと人影が透けて見える。

「お待たせしました。姫の乳母《うば》の須磨《すま》でございます」

「はじめまして」

　佐波は慌てて頭を下げる。

「三の姫のお遣いだとか」

　御簾越しに響く中年女性の声はおっとりと優しげで、佐波はほっとした。

「先だってお借りした絵巻物のお礼に、ささやかな品をお持ちいたしました」

「それは姫様も喜びましょう」

几帳越しに布包みを広げ、佐波は合子を示す。

「こちらの模様はチンでして……」

「ッ」

几帳の向こうで、がたりと大きな物音がした。

「鴆《ちん》ですって!?」

相手が激しく反応しているので、これ以上聞かなくともよい気がしたが、そうはいかないだろう。

「え……ええ、犬の狆です」

耳許から、『これは面白いな』と時行の人の悪い笑い声が聞こえてくる。

「……犬?」

「はい。毛足が長い……確か三条《さんじょう》様のところでも飼っておられるとか。このあいだお借りした絵巻にも犬がたくさん出てきて……姫様は犬がお好きなのではないかとお考えになり、三の姫が手ずからお選びになりました」

「ああ、あの狆なのですね」

どこかほっとしたように、乳母の声が緩んだ。

『もっと聞いてみよ』と時行が耳許で命じる。

「チンとは、犬以外も呼び習わすのでしょうか？　草木か何やらの名前でございましょうか？」

「……鳥の名前でございます」

「鳥？　聞いたことがありません」

佐波は素知らぬふりを装い、聞き返す。

『上手いな、そなた』

集中力が途切れそうになるので、やめてほしい……。

「何でも珍しい鳥だそうですが、我が家では不吉なものと扱われているのです」

「それは存じ上げず、紛らわしいものを持ってきてしまって申し訳ありません」

「いえいえ、よろしいのですよ」

しょげて見せる佐波に対し、ほほ、と乳母が軽やかに笑う。

『潮時だろう。もうよいぞ』

時行の声に、佐波ははっと我に返る。

「それでは、俺……じゃない私はこれで」

「ええ、三の姫にはすぐに文をお送りいたします」

「きっとお喜びになります」

佐波は笑みを浮かべ、頭を下げる。それから、裾を踏みそうになりながらも何とかその場から退散する。

漸くこのお役目も終わるのだと安堵《あんど》しつつ、廊下をしずしず歩きだしたところで、誰かが飛び出してきた。

「おい！」

いきなり庭から声をかけられて、佐波は思わず足を止める。

自分が時行の遣いだと気づかれてしまったのか⁉

喉がからからになり、緊張にどっと汗が噴き出す。

身構えた佐波は、自分の胸元に差し込んだ霊符を手に取る。呪文を唱えて投げると煙が立ち込め、火事と錯覚させられると時行に聞かされていた。

「そちらか！」

佐波の背後からそんな声が聞こえてきて、思わず振り返る。

廊下の反対側に、鎧《よろい》を着込んだ武者がいる。

今の声は、佐波を呼び止めるためのものではなかったのだ。

「来たぞ！」

その証に庭に勢いよく出てきた武者たちは佐波に一瞥《いちべつ》もくれず、緊張しきった様子で空を見上げている。

「気をつけよ！」

「あちらだ、北だ！」

同じように青い空を見上げると、いつぞや目にした美しい緑色の鳥が悠然と飛んでいた。

綺麗……。

あれが、鴆《ちん》か。

「射かけよ！」

弓をつがえた武者たちが緑色の鳥を狙《ねら》うが、上手くはいかずに矢がぼとぼとと落ちる。

あれではかえって怪我人《けがにん》が出てしまう。あまりの危険さに、佐波は目を見開いた。

『大騒ぎのようだな。戻ってこい』

時行に促され、佐波は精いっぱい急いで牛車に向かったのだった。


「何かわかった？」

時行邸に辿り着いた佐波が勢い込んで廂に走り込むと、時行は不機嫌そうに片眉を上げた。

こういう格好のときくらいそれらしく振る舞え、と言いたいのだろう。

「何もわからないのがわかった」

「えー……」

佐波ががっくりと肩を落とすと、時行は「戯《ざ》れ言《ごと》だ」とどこか皮肉な調子で笑った。

「そなたが新しい合子を仕入れてくれたおかげで、ことがすんなり運んだ。たまたまとはいえ有り難い。斯様《かよう》な品、よく手に入ったな」

「一真さんのおかげだよ。思ったよりも早く、都に着いたって」

「どういう意味だ?」

「蝮谷《まむしだに》って知ってる? 都の北くらいなんだけど、蛇が多くて旅人は避けるんだ。でも、今年はどうしてか蛇が全然いなくて、近道ができたんだって」

「そうか」と時行は相槌を打つ。

「ともあれ、清佐殿が、郎党ともども鴆《ちん》に備えているのはよくわかった。屋敷の庭から矢を射るなど、危険極まりない。左様な真似までするのは、本気で鴆を恐れている証であろう」

「うーん……」

佐波は顎に手を当てて考え込む。

「どうした?」

「鴆の怖さを知っているのはいいけど、怖がり方が度を超してるって思って」

「どういう意味だ」

時行が細い眉を顰めて、佐波を凝視する。そんな風に目を見つめられることは滅多ないので、佐波は緊張から口籠《くちご》もった。

「言ってみよ」

「花魄《かはく》を覚えてるよね。あの木がそばにあるとみんな自殺したくなりますって言われて、時行は信じる？」

「──真に何人かが犠牲になるまでは、取り合わぬな」

「だよね。清佐様の家人たちは、噂とか言い伝えを怖がってるって感じじゃなかったんだ。冷やかしじゃなくて、鵺が何をするか本当に知っているみたいで……」

「なるほど」

顔を上げた時行の瞳には、炯々《けいけい》とした理知の光が宿っている。

「わかったの？」

「そなたの言うとおりだ。鵺の被害者はいたのだ」

「知道様のほかに？」

佐波は首を傾げる。

「女房たちもそれを知っているのであれば、家中《かちゅう》のもの。あるいは、清佐殿に近しい誰かであろう」

「あっ」

そういえば、大犬丸も話していたではないか。

清佐の兄である、藤原清光の葬儀のことを。

「もしかしたら、清光様……？」

「十分に考えられる。もし真実を清佐殿が知っていたならば、家人が鴆《ちん》の羽を持ち込まぬよう注意するのも道理であろう。しかし、問題がある」

「問題って？」

「式神の聞き込んだ噂では、どうやら鴆を捕まえたら褒美をやると触れ回っているのも、清佐殿のようなのだ」

「敵討《かたき》ちかなあ……？」

あそこまで鴆を恐れていながら敵討ちとは、並々ならぬ覚悟のようだ。

「さあな。だが、まずは鴆を探すのが先決であろう。清佐殿より先に鴆を見つけて封じなくては、更なる人死にが出かねぬ」

「わかった」

力強く頷いた佐波を見やり、時行は面白そうに口許を歪《ゆが》めた。

「な、なに？」

「いや、そなたのその格好、知道に見せてやってはどうだ？　まだ会っていないのだろう」

「人が来たら、起きちゃうかもしれないし」

それに、いつもとは違う知道を見るのが怖かった。

知道は常に元気で、豪快で、ちょっと臆病でいてくれなくては困るのだ。

それらが全部失われてしまえば、知道ではなくなってしまう。

「かまわぬだろう。驚いて熱が下がるかもしれぬ」

冗談とも本気ともつかぬ口ぶりで、迷いつつも佐波は立ち上がった。

「うーん……」

そんな反応をされるのも不本意だが、少しでも元気になってくれるのならば試してみたい。

佐波は表情を引き締め、知道の寝ている部屋へ向かう。

汗が額に浮かび、いかにも苦しげだ。

たった一日臥《ふ》せっているだけなのに、げっそりと頬がこけている。

膝を突いてじっと見つめていると、ややあって、知道が目を覚ました。

「……佐波?」

「知道様！　具合はどうですか⁉」

前のめりになって声をかけると、汗びっしょりの知道は「声が大きい」と顔をしかめた。

その声は、これまでに聞いたことがないほどに弱い。

どんなに怯《おび》えていても、彼は、こんなにか細い声は出さなかった。

どうしよう……。

それはまるで、知道の命の炎が今にも消えてしまいそうに思えて。

――怖い。

「頼んだ、ぞ……」

「え？」

「鳥……を……」

切れ切れに、知道はまさしく息も絶え絶えに言葉を振り絞った。

そんな風に切実に訴えられると、自分の服装なんてどうでもよくなってきた。

「……まもる、のだ…みなを……」

だからといって、知道が死んでしまっては何にもならないではないか。

涙がじわっと滲んできて、佐波はたまらずに自分の目許をごしごしと擦《こす》った。

臆病なくせに、こんなときだけ人々を守れなんて言われると、胸が痛くなる。

「わかってる。俺たちが、知道様のことも守るから……だから……」

だから、死なないでほしい。

あと少しだけ、踏ん張ってほしい。

そう願わずにはいられなかった。

四

曙《あけぼの》の光が、ぼんやりと都を照らしている。

九条の時行邸に知道を残し、佐波は時行とこっそり羅城《らじよう》門《もん》跡から都を出た。

当然、大路を北上すれば早いが、あえて都の外に出たのは、人目につかないようにという用心からだ。

「北に行くって、どうして?」

馬に乗って出かけるのは、今日で二回目。前よりは慣れたような気がする。

時行も狩衣に身を包み、朝靄《あさもや》の中、目的地へ急いでいた。

「鴆《ちん》は毒を持つ鳥だが、その毒の源は食事だと聞く」

「毒茸《どくきのこ》でも食べてるの?」

「近いな。だが、答えは毒蛇だ」

「ひええ……って、毒蛇? じゃあ、蝮《まむし》とか?」

「そういうことだ」

馬の背中に揺られながらも、時行は平素と変わらぬ様子で答える。

「あ！　蝮谷《まむしだに》！」

近頃急に蝮がいなくなったと噂の、蝮谷。そこに手がかりがあるかもしれぬと、時行は睨んだのだ。

「あり得そうだろう？」

「うん！」

たとえささやかであっても手がかりが見つかると、急に目の前が明るくなったような気がする。

「とにかく、鴆《ちん》を見つけなくちゃ」

「ああ。一刻も早く捕まえて『山海経』に戻さねば、知道は……」

「死んじゃうなんて嘘だよね？」

いきなり突き落とされたような気がしておずおずと佐波は尋ねたが、返事はない。

「俺、知道様が死ぬなんて嫌だ」

「あたりまえだ！」

時行の短いいらえには、明確な怒気が籠もっている。

「ご、ごめん……」

ちらりと顔色を窺《うかが》うと、時行は恐ろしいほどに無表情だった。

今の怒りは、佐波に向けられたものではない。

おそらく、時行自身に向けられた感情なのだ。

大事な相手を、己の失態で死の危険に晒《さら》しているのだから。

「私が言わせなかったのだ。調子が悪いと、自分でもわかっていたであろうに……あれは、
鴆を退治することを優先させようとしたのだ」

そうだった。

知道の必死な声は、確かに、都の人を守るという強い願いが込められていた。

いつもは臆病なくせに。

「！」

不意に、ぴいいっとみそが高い声を発した。

「あの鳥」

「あれか」

陽射しを受けて輝く緑色の美しい鳥が大きな羽を揺らしながら、優美に羽ばたいている。

綺麗だ……。

あんなに綺麗なのに毒を持つなんて、嘘みたいだ。

佐波と時行も、毒除けの強大な護符がなければ、今頃死んでいるに違いない。

ややあって、二羽の鷹が姿を現した。

鴆《ちん》が一声鋭く鳴いたが、鷹は動じなかった。

それどころか、真っ直《ます》ぐに鴆に向かっていく。

鴆を狙っているのだ。

「何だ、あの鷹は……」

ゆるやかに追いかけながらもその光景を見守っていた時行が、訝しげな声を上げた。

「鷹狩りかな？　どうする？」

統制が取れた鷹たちの動きは野生のものでなく、どうやら人の手で飼い慣らされているようだ。

やはり、清佐の郎党が鴆を狙っているのかもしれない。

「追うぞ」

「みそ、行け！」

佐波の声を聞いてはいないだろうが、対抗するようにみそも力強く飛び立った。

鴆は唐突に現れた鷹に立ち向かうかと思ったが、そうしなかった。

相変わらず悠然と羽ばたき、鷹を避けるように進む。

斯くして、空中では鷹が、地上からは時行と佐波の二人が騎馬で鴆を追う。

鳥と馬では速度がまるで違うし、走りやすい野原ならばともかく、知らない場所で馬を縦横無尽に走らせる技術はない。

そんな二人を尻目に、黒い小鳥がすいすいと飛んでいく。

みそだった。

「みそを追いかければ、それでよい。案ずるな」

おまけに、時行は地上からの追っ手として狐《きつね》を放った。狐の足はそこまで速くないが、藪《やぶ》を抜けられる分、馬とは別の利がある。

「うん」

それでも速度を緩めるわけにはいかないので、時行の後ろで懸命に手綱を操る。

佐波は時行の背中を追うのに必死だったが、不意に、視界が開けた。

鷹二羽と鵺が、空中で激しくぶつかり合っている。爪を立てた鷹は、確実に鵺を仕留めようとしていた。

「ギャッ」

鋭いくちばしと爪とで、鷹は鵺を仕留めようと試みるが、力及ばずというところか。

次第に鷹たちの羽ばたきがよろよろとしたものになり、そして、ふっと糸が切れたように動かなくなった。

そのまま、地面に向けて鷹が相次いで落ちてしまう。

「ああ……」

「いや、鵺も深手を負ったようだ」

鴆《ちん》もまた傷ついたのか、勢いをなくして真っ逆様に落下していく。

「追うぞ」

「はい！」

見失うまいと馬を急がせているうちに、急に視界が開けた。

あたりには緑色の稲穂が揺れる田が広がり、山際には木立がある。

背の高い木々の上でみそが旋回しており、その下には、狐たちの姿もあった。

「あの中に落ちたらしい」

「……うん」

時行が馬を止めて地面に下りたので、佐波もそれに倣う。手綱を適当な木の幹に巻きつけて、駆け足でついていった。

途中で時行が身を屈《かが》めて何かを拾い、すぐに再び歩きだす。

二人が近づくと、がさりと木立が揺れたようだ。

「静かに」

時行は何ごとかを唱え、持っていた霊符に息を吹きかける。それを指で弾《はじ》いて木立に放り込んだ次の瞬間、もくもくと煙が上がった。

「えっ!?」

まさか火つけとは……。

「時行、まずいよ……燃えてる！」

「そなた、このあいだ同じものをやったろう」

時行が何ごとかを説明しかけた刹那、がさがさっと音を立てて、何か生き物が飛び出してきた。

鴆だと思って身構えたが、意外にも相手は人だった。

「何してんだよ、火事だ！」

焦った調子で声をかけてきた少女は、ぼろきれで包まれた大きな荷物を両手に抱えている。どう考えても、清佐の手の者には見えない。

いったい、誰なんだろう？

「逃げないと！」

苛立《いらだ》った様子の彼女が早口で促したが、時行は首を横に振る。怪訝《けげん》そうに彼女が振り向くと、煙はもう見えなくなっていた。

つまりは幻なのか。

「あれ……？」

「少し細工をさせてもらった。私は都の陰陽師だ」

「………」

一転して彼女は険しい面持ちになり、一歩足を引いて身構えた。

「そなたの敵ではないが、その鳥を渡してくれぬか」

「ッ」

彼女は息を呑み、布包みを抱える手に力を込めた。

あの中に、鴆《ちん》がいるのか。

「それは危険な鳥だ。今でも、そなたが無事でいるのが不思議なくらいなのだ」

「この子には、誰のことも殺させない。あたしのことだって」

はっきりとした口調で返事が戻ってきて、佐波は目を瞠った。

「ねえ、それがどんな鳥か知ってるの？」

「…………」

佐波が尋ねてみても、彼女は再びだんまりを選ぶ。

「私は知道という。そなたは？」

時行は堂々と偽りの名乗りを上げる。これは、名前には力があり、強い術者ならば時として、名を使って相手を縛れるからだった。

「茜《あかね》」

「よい名だ。そなた、鳥飼いだろう？」

「どうしてわかるの？」

「左腕の引っ掻き傷は、鳥が止まった痕《あと》だろう」

言われれば、彼女の剝《む》き出しの腕は古傷だらけだった。

「あの鷹はそなたの鳥だな。鷹を飼うのは禁じられているはずだが」

彼女は舌打ちをしたものの、答えなかった。

「まあ、いい。鳥飼いならば、鳥にまつわる都の流行りを聞いてはおらぬか？　『瑞兆の羽』だ」

「ずいちょうのはね？」

漸く反応を示し、茜はきょとんと目を瞠る。どこかあどけない様子で、彼女は佐波よりもずっと年下なのだろう。

口ぶりから判断するに、どうやら『瑞兆の羽』については関知しないようだ。

「近頃酒や水に溶ける羽があり、それを見つけて飲むと縁起がいい――と。それは鴆と呼ばれる、美しい鳥の……」

「嘘だ！」

まさか。強い声で時行の言葉を遮り、茜は次の瞬間、はっとしたように己の抱える荷に視線を落とした。

「そなたは清佐殿の郎党なのか？」

「誰があんなやつの……」

「そうか。それにしては、鴆についてよく知っているのだな。その鳥で人を殺《あや》めたのか？」

「そんな汚いことするもんか！　鳥は誰かを殺すための道具じゃない！　あたしたちにとっては、大事な家族だ」

「鴆《ちん》をなにゆえに庇《かば》う？」

時行は冷然たる声音で尋ねた。

「庇ってないよ。でも、この子がだめな真似をしたら、責を負うのは親だもの」

彼女が抱いているものの中身は、やはり、鴆の入った鳥籠なのだ。

佐波は直感した。

「鴆は人には扱えぬ毒だ。そなたの腕の中にいるのだろう？」

「大丈夫。籠には、慈空《じくう》様の護符を貼ってる」

「慈空様って、誰？」

心配ではらはらしつつ、ついつい佐波は割って入ってしまう。

「慈空様は、お坊様だよ。とても親切で、腹を空かせた連中にご飯を食わせてくれてた。生き神様なんだ」

「知らぬな」

「学があるお坊様なのに、貧しい人たちを救いたいからって、大きなお寺を飛び出してきたんだよ！」

時行の素っ気ない言葉が悔しいのか、彼女は慈空について必死で語る。

「慈空様は何でも知ってた。この鳥だって」

時行がぴくりと表情を動かした。

「最初にあたしが見つけて、上手く捕まえたの」

「毒は平気だったのか?」

「あたしは慈空様の毒除けを持ってるもの。山には毒のある草や木が多いから珍しい鳥や綺麗な鳥は、生きたまま、最初に慈空様に見ていただくの。荘園の鳥は、右府様に献上する決まりだから」

「そうか。そなた、右府殿の荘園にいたのか……」

合点がいった様子で、時行は呟く。

「右府様の親子は、お庭に極楽浄土を作るんでしょう? そこに放す鳥を集めてるから、いい鳥は高く買ってくれる」

一度休み、続けて彼女は自分を鼓舞するように再び話しだした。

「慈空様は、あれはこの世にあだをなす毒の鳥だから、殺すほかないっておっしゃった。でも、捕まえた鳥はあたしが殺そうとしても死なないし、騒ぎになってしまったの。そこにちょうど、清光様の弟君の……清佐様が来られて」

「それで?」

「鳥をお気に召した様子だから、慈空様が護符を渡したうえで危ない鳥だと説明なさったの。羽には毒があるって」

彼女の声が、震えた。

「証を立てるために、己が試せと命じられて……あたしがそれを飲もうとしたのに……」

声が途切れた。

「まさか、その慈空殿は、羽を溶かした水を飲んだのか⁉」

「うん」

茜の目から、ぽろりと大粒の涙が零れた。

「慈空様がすぐに亡くなったから、清佐様はその鳥を殺してくれると思った。鳥はあたしの家族だけど、毒の鳥なんて、世の中にいちゃいけないもの。だけど、清佐様は鳥を殺すのを嫌がった」

「酷い話だ」

時行は静かに吐き捨てる。そこには、彼なりの怒りが籠もっているようだった。

確かに許せない話だが、らしくないなと佐波は意外に感じる。

時行は、あまり感情を露《あらわ》にしないし、そもそも揺らぎや波がないように見えるからだ。

「慈空殿は、相当な力を持った高僧であったようだな。それで、そなたはどうやって鴆《ちん》を取り返したのだ？」

「飛べないように鴆の羽を切れって言われたの。だから、従うふりをして、鳥を攫《さら》おうとしたんだけど……上手くいかなくて逃げられちゃった」

「よく捕まらなかったね」

佐波は感心して、思わず口を挟んでしまう。

「追いかけられそうになったんだけど、鳥の毒にあたって、外にいた家人がばたばた倒れたから。でも、そのせいで家に戻れなくなったし、清光様が死んだって聞いて怖くなって」

「清光様って、確か清佐様の兄君だよね」

ぼそぼそと佐波が聞き返すと、彼女は首を縦に振った。

「そうよ。清光様は、清佐様と違ってとてもお優しい方で……」

ぐずっと彼女は啜り上げた。

「酒を飲んで、血を吐いて苦しみながら死んだそうじゃない。すぐにわかったわ。慈空様とおんなじ……鴆の仕業」

「なるほど。兄君がいなくなれば、清佐殿の天下だな」

冷えた口ぶりで、時行は同意した。

「この鳥はあたしが殺す。あのとき決めたの」

「ただ人に、あやかしを滅することはできぬ」

静かな声で時行は告げる。

「やり方は見つけるわ。敵を取るの！」

「そなたでは、毒で灼《や》かれるのがおちだ。鴆《ちん》を渡してくれたら、私が封じよう」

「……貴族は、鳥を悪いことに使うもの」

急に見ず知らずの人間を信用せよと告げられても、難しいのだろう。

実際、時行の真摯な言葉を聞いてもなお、茜は頑《かたく》なだった。

「そんな真似はせぬ」

「そうだよ！　俺たちの友達もこの鴆のせいで危ないんだ。放っておいたら死んじゃうよ」

「そのとおりだ。そもそも、この鳥は清佐殿に狙われている。確実に封じる必要がある」

「この子が？　どうして？」

「都合のよいときに、自分に従わぬ相手を毒殺できる。斯様な手段があれば、政でも優位に立てるからな」

ぞくっと冷たい何かが背筋を滑り落ちる。

左様に非道な手段を執る人はいないと言いたかったけれど、陰陽師は時として他人を呪うとも聞く。そういう世界を、時行と知道は目の当《ま》たりにしているのだ。

「迂闊《うかつ》な人間ならば、瑞兆の羽と信じて飲むだろう。まったく、悪知恵が回る御仁だな」

「酷い……そんなことに、使うなんて……」

茜は悔しげな面持ちで、握り締めた手を震わせる。

「無論、今の清佐殿のようなやり方ではすぐに悪事が露見するだろう。しかし、その前に犠牲者が出るような真似は絶対に、させぬ。鴆は然《しか》るべきところへ封じると約束しよう。だから、渡してくれぬか」

「あんたたちに何ができるわけ？」

「死より恐ろしいものがあると、その男に味わわせてやる」

時行が地を這《は》うような低い声で告げる。

「嫌よ！」

茜はおぞましい何かを見たとでも言いたげに、一歩、後退《あとずさ》った。

その拍子に、背後の杉の木にぶつかってしまう。

「あっ」

弾みで彼女の手から、籠が落ちる。

「うわ！」

狐がたたっと走り込んだが、間に合わなかった。

籠は地面に叩きつけられた衝撃でばらばらに壊れ、そこから緑色のものが飛び出した。

鴆だ。

そのまま鴆《ちん》は、空高く飛んでいく。

「どうしよう……」

狼狽《うろた》えて佐波はおろおろと視線を彷徨《さまよ》わせたが、時行はまったく動じなかった。

「案ずるな、私を誰だと思っている？」

優雅さすら感じさせる仕種《しぐさ》で、時行は手にした何かに息を吹きかけ、すぐさま呪文を唱えた。

「！」

途端に、中空に狐よりも大きな鷹が現れた。

「すごい……」

いきなり出現した巨大な鷹を目にし、茜はぽかんと口を半開きにする。

大鷹は悠然と飛び立つと、一度羽ばたいただけで、あっさり鴆に追いついてしまう。

「ぎゃあっ」

鴆が悲鳴を上げた。

大鷹がその爪で、しっかりと鴆の身体を摑んだのだ。暴れる鴆をものともせず、式神は時行の前に舞い降りた。

「このまま封じるぞ。よいな？」

「………」

何も言わずに首肯した茜の目の前で、時行は静かに九字を切った。


帰り道のことだ。

「間に合ったかな?」

「間に合わせたはずだ」

誰とは口にせずとも、二人が話題にしているのは知道のことだった。

鴆を封印した『山海経』を胸に納めると、時行は常になく真面目《まじめ》な顔で述べた。

「あの子と話さなくても、近くにいたんだし、時行だったら鴆を封じられたんじゃない?」

黙っていると不安に押し潰《つぶ》されそうで、馬上の佐波が問うと、時行は軽く頷いた。

「できたかもしれぬが、子細を知りたかった。それに、いきなり鴆を奪われては、茜は納得すまい。別のやり方で、清佐殿に——貴族に復讐《ふくしゆう》をしたかもしれぬ。それでは、あの娘の人生は、復讐だけで終わってしまう」

時行の言い分は尤《もつと》もだった。

不意に、佐波は知道のことを思い出した。

犰狳《きゆうよ》の一件のとき、知道は年下の少年に対して優しかった。

そういうところが、二人とも似ているのかもしれない。時行は態度や口ぶりが少し冷たいけれど、だからといって、思いやりがないわけではなかった。

むしろ、たぶん——時行は、優しい人なのだ。

「ずいぶん安請け合いしたけど、清佐様をどうするの？」

「放っておいては、約束を破る羽目になる。言霊もあるからな」

「でも、偉い貴族が俺たちに尻尾《しっぽ》を摑ませるかなあ？　訴えても信じてもらえないよ。茜の話が正しいのなら、自分の兄を毒殺したんだよね？」

佐波が尋ねると、時行は首を横に振った。

「貴族は政においては深謀遠慮だが、誰もがそうとは限らない。しかも、他人の血で己の手を汚す輩が知恵者であるものか」

「すぐに罪は暴かれるって意味？」

「然《しか》り。人は何かしら証を残すからな」

確かに、そうだ。

「清佐殿は、『瑞兆の羽』が欲しくて鴆《ちん》を追わせたのであろう？　だとしたら、我々が謹《つつし》んで『瑞兆の羽』を献上しようではないか」

時行は唇の端を吊り上げ、意地の悪い笑みを浮かべた。

「——もしかして、時行って……貴族が嫌いなの？」

「そなた……私が貴族を好いているように見えるのか？」

呆《あき》れたような口ぶりに、佐波は舌を出した。

「だって、時行が好きとか嫌いの感情を表すって思えないから……ひょっとして好きの裏返しなのかなって」

「愚か者め」

時行はため息をついた。

「ごめんごめん」

「面白半分に下女に手をつけて、多少はものになりそうな子供が生まれれば、それだけ取り上げて捨て去る——そんなおぞましい連中を、好きになれるわけがあるまい？」

それは、時行の母親を指しているのだろうか。

「例外もあるが、私の気持ちは変わらぬ」

けれども、それくらいがいい。

自分の気持ちをすべて押し隠して、好悪の感情さえ見せないような人よりは。

時々素直に気持ちが迸《ほとばし》るほうが、佐波としては好感が持てる。

「それより、そろそろ黙れ。急がねば」

「うん！」

話していると舌を噛《か》みそうだったので、馬上の佐波は口をしっかりと閉じた。

本当は口を噤《つぐ》んでいると、恐怖に襲われそうになる。

もしかしたら、もう間に合わないんじゃないか。

遅すぎるんじゃないか――と。

都に入ってからも、ただただ気が急《せ》くばかりだった。

九条の時行の屋敷に着いた頃には疲労困憊《こんぱい》していたが、泣き言は言えない。

下馬すると中門廊から屋敷に飛び込み、知道が寝込んでいるはずの部屋へ向かった。

几帳を捲ると、褥の上に座っていた知道が視線を向けた。

椀《わん》を使って水を飲んでいた知道は、二人の姿を見て力なく笑みを浮かべた。

「おお、戻ったか。どこに行っていたのだ？」

のほほんとした口調で、粥《かゆ》を食べ終わったのか、近くには箸と椀が置かれていた。

「どこに、ではない……この馬鹿者！」

時行はそれだけを言い残し、足早に几帳を潜《くぐ》り抜けて出ていってしまう。

「何だ、あいつ、怒っているのか？」

気が抜けたような口ぶりで知道が尋ねたので、佐波は自分の目に浮かんだ涙をごしごしと擦って拭き取ってしまう。

それでも、嬉しさに涙は次々に溢《あふ》れ出した。

「……安心しているんだと思います」

佐波が半分泣きながら説明すると、知道は「そうか」と頭を掻く。

「どうした？　そなたが泣くとは、夢か？」

「そうじゃなくて……」

ぽろぽろと涙が零れ、立ち尽くした佐波の足許を濡らす。

「す、すまぬ……何があった？」

「ええと……」

ひとしきり泣いた佐波は涙を手の甲でぐいっと拭い、そうして鴆《ちん》の顚末《てんまつ》を語り始めた。

五

「何だ、検非違使のおでましとは」

さも不機嫌そうな口ぶりで、御簾を上げて円座《わろうだ》に腰を下ろす藤原清佐が問う。

佐波にとって、清佐邸は二度目の訪問だった。

「此度《こたび》は中納言様に献上したいものがございまして」

烏帽子を被った知道は、深々と頭を下げたまま口上を述べる。病み上がりの知道は「ここで俺を使うのか」とぶつぶつ文句を言っていたものの、検非違使が出てきたほうがそれらしいだろうということになり、仕方なくこうしてやって来たのだ。

佐波は付き添いの家来役なので、あの乳母に見つからないようにどきどきしながら階《きざはし》の下でひざまずいていた。当然、ほかの役目も与えられており、密《ひそ》かに時行から託された霊符を取り出し、命じられたとおりの呪文を思い出すために頭の中で唱えてみる。

「何だ?」

「都でも噂の『瑞兆の羽』を持つ鳥でございます」

「なんと！」

腰を浮かせた清佐の声に、明らかな喜びが交じる。

「こちらがその鳥でございます。――佐波」

目を伏せた佐波は、鳥籠を恭しく知道のところへ持っていった。

それを受け取った知道が大仰な仕種で収められた鳥籠を置くと、矯《た》めつ眇めつ検分し、
清佐が「素晴らしい」と手を叩いた。平然としているのは、慈空の護符のおかげだろうか。

「優美な色といいくちばしといい、まさにこれだ……この鳥だ。よくぞ捕まえてくれたな。

褒美には何を取らそうか」

「褒美はいりませぬ」

首を横に振り、知道は静かに告げる。

「おや、これは無欲な。そなた、私に貸しを作る腹づもりではあるまいな」

それでも声音はいかにも浮き浮きしていて、機嫌のよさが窺える。

今ならば、どんな願いでも聞いてもらえそうだ。

「まさか、滅相もありません」

「ならば、そなたにも『瑞兆の羽』をやろう。溶かして飲めば、何でも思いのままの羽だぞ」

恐ろしいことに、清佐は人死にまで出たあの羽を、堂々と寄越そうとしてきた。

要は、知道すら毒殺して口を封じようというのか。

怒りを感じつつも、佐波は今度は小声で呪文を唱え始める。

「じつは、家族の分を既にそちらから集めました。これ以上の褒美は過分です」

「おお、そうか。では、よい酒をやろう。帰ったら早速、羽とともに飲むがよい」

「ありがとうございます」

知道が頭を下げたそのとき、ちょうど呪文が終わった。

同時に、後方でぱんと大きな音がする。

何気なく振り返った二人の顔が、恐怖に強張った。

「ひいっ」

「うわあああっ」

悲鳴は御簾の中にいる清佐、そして、知道の二人分。

血だ。

真っ赤な血が御簾にかかり、廂をしとどに濡らしていたのだ。

鳥籠の中の鳥が、破裂したのだ。あまりに血の量が多すぎ、ぽたぽたと廂に滴っている。

「ひ、ひえぇ……何が……」

清佐の声は怯え、すっかり震えてしまっている。

「な……これはどういうことだ、佐波！」

知道が本気で狼狽《うろた》えている最中、佐波は「あれを！」と庭の隅を指さした。

そこにゆらりと佇《たたず》んでいるのは、粗末な袈裟《けさ》を身につけた僧侶だった。

「……慈空⁉」

掠《かす》れた声だったが、清佐が悲鳴を上げる。

「なぜこんな……そなたは死んだはずだ！　幽霊か……化けて出てきたのか！」

土気色の顔をした僧侶が、ずいと一歩近づく。

「誰《たれ》かある！　誰か！」

しかし、佐波が持つのは人除けの霊符。ここには、外からほかの誰かが入ることはできない。

「寄るな！　ええい、検非違使だろう、何とかせよ！」

「私もこういうのは大の苦手でして……」

知道は柱にしがみつき、慈空の幽霊から目を逸《そ》らす。

「来るな！　これ以上近寄るな！」

狂乱する清佐が、几帳に絡まって暴れている。

もちろん、幽霊には何も聞こえないので、一歩一歩着実に二人のところへ近づいていく。

そろそろ頃合いか。

「お二人とも、あちらを！」

今度は佐波が指したのは、庭の反対側だ。

そちらの一隅に、束帯姿の男性が力なく立ち尽くしていた。

「兄君！」

またしても清佐が甲高く叫んだ。

「な、な、なんと、お亡くなりになった清光様ですか⁉　ひいいいっっ！　来るなっ！」

知道の野太い悲鳴が響き、それが更なる清佐の狂乱を引き起こしたらしい。彼は几帳を引き倒したようで、室内からは凄まじい音がした。

ゆらゆらと揺れ、ゆっくりと、だが確実に二人の幽霊が清佐に向かってくる。

「ゆ、許してくれ！　私が悪かった！」

腰を抜かして動けないらしく、清佐は目をぎゅっと閉じて両手を合わせている。

「出来心だ……兄君が本当に飲むとは思わなかったのだ！　私とて、借金があり仕方なく……それで……」

それでも幽霊たちの足は止まらない。

「後生だ……許せ……いや、いっそ出家する！　そなたたちを供養するから許してくれ！」

彼の悲鳴があたりに響き渡る。

「本当だ。罪を償う！　だから、許してくれ……！」

次の瞬間、ふっと二人の姿が消えた。

もう、清佐の声は聞こえない。

「知道様。知道様！」

蒼褪めた知道は泡を吹いて倒れており、佐波はその頬をぺちぺちと叩いた。

❁・❁・❁

「き、聞いてなかったぞ‼」

時行の邸宅に到着してから漸く目を覚ました知道は、真っ青になって時行に詰め寄った。

佐波にしても自分より背が高く体格も立派な知道を牛車に詰め込んで、この家に戻ってくるまでが一苦労だった。

「ん？」

出かける予定だと言っていたが、二人より先に帰宅し、優雅に杯を片手に二人の帰りを待っていた時行は、酒を楽しみながら澄まし顔だ。

「鳥が偽物なのはわかっていたが、よもや、幽霊まで呼び寄せるとは……」

相当恐ろしかったらしく、知道の大きな目は涙で潤んでいる。

「あれは幽霊ではなく、式神だ」

「何だと⁉」

「佐波に頼んで、霊符をあそこに置いてもらったのだ」

時行がしれっと答えるので、佐波は知道が気の毒になってきた。

これはこれで、さんざん心配かけたことへの意趣返しなのだろう。

「な、ならば、おまえが行けばよかったのだ。こちらは病み上がりだし、私があああいうのが嫌いなのを知っているだろう」

知道の言葉に、時行は「だめだ」と首を横に振る。

「私が出向けば、左府方の陰陽師が何か仕込んだと思われる。検非違使のそなたならば、疑うまい。それに、私は陰陽寮に出向かねばならなかったのだ」

「どうして事前に何も言わなかった！」

「教えれば、わざとらしい振る舞いをしただろう？　それではあの目敏《めざと》い清佐殿に気づかれてしまうではないか」

知道はぐうの音も出なかった。

「いいではないか。これで清佐殿も肝が冷えたはずだ。真に出家をするかはわからぬが」

「うう……まあ、そうだな。これで茜とやらの心も晴れるとよいのだが」

漸く笑みを浮かべた知道は、佐波に向き直った。

「それにしても、誰に脅されていたのであろうなあ」

「さて、な。しかし、庭造りの趣味が高じ、あちこちに借金をしていたのであろう？　中にはあくどい連中もいるだろう。兄君を殺めたのは、清光殿が所有していた荘園を手に入れるため。それで金を返すつもりだったのだろうな」

こうなると、内情を推測するのは難しくなかった。

「鳥の噂も、ごろつきに頼めばあっという間に広がるよ。大犬丸だって、悪気はなくてもそういうの広めちゃいそうだし」

「だが、左様に鳥を探せば、いずれ真相は明らかになる。かえすがえすも迂闊なお方だ。右大臣家にとって、清佐様の出家はいいことなのかもしれん」

時行と知道は話し合っているが、答えは見つからないようだった。

「佐波も悪かったな。さぞや恐ろしかったろう」

「いえ、俺はちょっぴり愉快でした。仕掛けは知ってたので……あの鳥が破裂したのは驚きましたけど……」

しみじみと知道に労《ねぎら》われて、佐波は微笑んだ。

「愉快って……さすがだな。ちらっと見えたが清佐殿は血塗《ちまみ》れになってたぞ？　おまえ、臓物を入れすぎたんじゃないのか？」

このためだけに生き物を殺すのは可哀想《かわいそう》なので、葛葉小路の魚屋に出向き、捌《さば》いた魚の臓物をもらい受けてきたのだった。時行に言わせると、かつて安倍晴明《あべのせいめい》も似たようなことをしたとか。

「二人も手にかけたのだ。多少怖い目に遭ってもらわなくては」

時行は朱《あか》い唇を綻《ほころ》ばせて、嫣然《えんぜん》と笑う。

「そういえば、出かけたんだよね。陰陽寮には何の用だったの？」

「宮仕えの身だ。時には顔を出す必要もある」

それにしては、時行はどこか浮かない顔だった。

「何か文句でも言われたのか？」

案ずるように知道に問われ、時行は微かに首を横に振った。

「……いや。帰りに牛車に乗ろうとしたとき、摂政殿にお目にかかったのだが……そこで気になることを言われたのだ」

「何と？」

「――『山海経は面白いか』と」

なおも考え深げに、時行はそれだけを告げた。

「え？　どういう意味？」

「さあ……」

時行はそれきり黙り込む。

「まあ、よいではないか。飲もうぞ、二人とも。終わりよければすべてよしだ」

ってきたぞ」

「ああ……これでやっと四体か……全部集めるまであとどれだけかかるのか、気が重くな
ごろりと廂に身を投げ出した知道を見やり、佐波は小さく笑う。

「ん？ 何だ？」

「いや、俺は……結構楽しいと思って」

「楽しい？」

知道は怪訝そうな顔になる。

「そりゃ、人死にとかは怖いですけど。でも、今回はたぶん……誰かを助けられたから」

「知道を助けたのだから、確実に一人は救っていよう」

「うむ、そうだな。己が死ななかっただけ、よかったことにするか」

納得した様子の知道のもとに、松葉が酒器の一式を運ぶ。

「おお、そうだ。寝込んでいるあいだ、熱に浮かされて奇妙な夢を見たのだ」

「夢？」

「うむ、佐波……そなたが女房の格好をしている夢だ」

どきっとしてしまい、我ながら頬が熱くなってくる。

「ど、どうでした？」

「え……」

そこで知道は顔を赤らめ、顎のあたりを指で掻いた。

「ええと、そうだな……」

この流れは、いっそ、告白するべきだろうか。

自分がじつは女性《にょしょう》だってこと。

あの格好はなかなか悪くなかったはずだし、褒めてくれるのであれば、また女房姿を披露してもいい気がする。

「あの……」

「うむ、あれだ！　熱が上がりすぎておかしくなっていたのだな」

——いや。

やっぱり、腹が立つから教えないでおこう。

べつに、それ自体は大した問題ではないのだし。

「佐波は妙に度胸があるからなあ。どこぞの大物の血を引いてるとかあり得るのではないか？」

「ふむ。それは私もそう思うことがある」

時行が相槌を打つものだから、「だろう？」と知道は嬉しそうに同意した。

「大物って何ですか？」

「無論、武士《もののふ》だな！」

がっくり肩を落とす佐波を目にし、時行が珍しくおかしげに笑っている。

「さあ、その話はもう終わらせよ」

「んん？　そうなのか？」

「ああ。物事には時期がある。今はよかろう。祝いの席なのだからな」

「……うん」

確かに、これからも化生たちを追わなくてはいけないのだ。

自分の血筋について考えるよりも、後始末が先だ。

「さ、とりあえず飲もうぞ」

時行が含み笑いをしながら言ったので、気を取り直した佐波は頷く。

「はーい」

「うむ」

「では、乾杯とゆくか」

「それはよい」

皓々《こうこう》たる月の下、廂には三つの影が揺れる。

その影を見ながら笑みを浮かべた佐波は、知道から杯を受け取った。

「佐波、そなたもたまには飲むか？」

「水です。俺は飲みませんって」

斯くして三人は、思い思いに杯を掲げたのだった。

【参考文献】

秋山虔・小町谷照彦編「源氏物語図典」小学館
藤巻一保「安倍晴明『簠簋内伝』現代語訳総解説」戎光祥出版
角田文衛「平安京提要」ＫＡＤＯＫＡＷＡ
伊藤清司／古代中国研究会編「中国の神獣・悪鬼たち　山海経の世界」（東方選書）東方書店

本作品は書き下ろしです。

二見サラ文庫

本作品に関するご意見、ご感想などは
〒101-8405
東京都千代田区神田三崎町2-18-11
二見書房 サラ文庫編集部 まで

陰陽師《おんみょうじ》一行《いっこう》、平安京《へいあんきょう》であやかし回収《かいしゅう》いたします

2021年 4月 10日 初版発行

著者 和泉《いずみ》 桂《かつら》

発行所 株式会社 二見書房
東京都千代田区神田三崎町2-18-11
電話 03(3515)2311 [営業]
03(3515)2314 [編集]
振替 00170-4-2639

印刷 株式会社 堀内印刷所
製本 株式会社 村上製本所

落丁・乱丁本はお取り替えいたします。
定価は、カバーに表示してあります。

ISBN978-4-576-21033-9
https://www.futami.co.jp/sala/

二見サラ文庫

地獄谷の陰陽師に、デリバリーはじめました
～さくさくコロッケと猫のもののけ～

須垣りつ
イラスト＝煙楽

耳黒という半猫半人の妖怪に取り憑かれたハジメは、いけ好かないバーテン兼陰陽師の竜真に惣菜の配達と引き換えにお祓いを頼むが…。

二見サラ文庫

偽りの神仙伝

—かくて公主は仙女となる

鳥村居子

イラスト＝zunko

「私は神仙に選ばれし女道士になるの。私は人を捨ててみせます」跳梁跋扈する王宮の中で最愛の姉を守るため、主人公は仙女を目指す

二見サラ文庫

祇園ろおじ　香り茶寮の推理帖

風島ゆう

イラスト＝中村至宏

少女・萌は偶然出会った少年・静香とその兄・豊薫の茶寮で、茶や茶器の奥深さを知り、身のまわりで起きた問題をお茶で解決していく——